Diane Broeckhoven

Ein Tag mit Herrn Jules

AF177380

*Zu diesem Buch*

Alice und Jules, ein altes Ehepaar, haben ein morgendliches Ritual: Alice wird geweckt vom Duft des Kaffees, den Jules schon zubereitet hat. So auch an diesem Wintermorgen. Ein ruhiger Tag wartet auf Alice. Um zehn soll wie immer der autistische Nachbarsjunge David kommen, für seine übliche Partie Schach mit Jules. Doch als Alice ins Wohnzimmer kommt, sitzt Jules tot auf dem Sofa. Da beschließt sie, diesen Tag noch mit ihrem toten Mann zu verbringen. Denn es gibt das eine oder andere, was sie mit ihm zu klären hat und worüber sie nie gesprochen haben.

Diane Broeckhovens Novelle über Alice und Jules und über David und Alice ist eine dichte, ergreifende, wunderbar feine Geschichte über Rituale, Liebe, Verrat und Verlust, ein Verlust, der am Ende auf wunderliche Weise ausgeglichen wird.

»Ein elegisch gestimmtes, atmosphärisch dichtes Buch. Mit liebevoll billigender Ironie gestattet Broeckhoven ihrer Heldin den Rückzug in ihren genau vermessenen Innenraum. Einfühlsam und elegant erzählt.«
*Frankfurter Allgemeine Zeitung*

*Die Autorin*

Diane Broeckhoven (*1946 in Antwerpen, Belgien) ist Autorin und freie Journalistin. Sie studierte Rhetorik und Literatur am Königlichen Konservatorium Antwerpen und hat zahlreiche Kinder- und Jugendbücher und Romane geschrieben. Ihre Werke wurden mehrfach ausgezeichnet, u. a. in Belgien als Kinderbuch des Jahres sowie zwei Mal mit dem flämischen Jugendliteraturpreis. *Ein Tag mit Herrn Jules* ist in sechzehn Ländern erschienen und wurde über 250 000 Mal verkauft. Broeckhoven lebt in Antwerpen.

*Die Übersetzerin*

Isabel Hessel (*1973) studierte Germanistik, Pädagogik und Niederlandistik. Sie übersetzt niederländische Belletristik, Poesie und Sachbücher, u. a. Werke von Diane Broeckhoven, Jeroen Olyslaegers, Saskia De Coster und Griet Op de Beeck. Sie lebt in Antwerpen und Estenfeld.

Mehr über die Autorin und ihr Werk auf *www.unionsverlag.com*

# Diane Broeckhoven

# Ein Tag mit Herrn Jules

Aus dem Niederländischen
von Isabel Hessel

Unionsverlag

Die Originalausgabe erschien 2001 bei
The House of Books, Antwerpen/Vianen.
Die deutsche Erstausgabe erschien 2005 im
Verlag C.H.Beck, München.


*Im Internet*
Aktuelle Informationen, Dokumente und Materialien
zu Diane Broeckhoven und diesem Buch
*www.unionsverlag.com*


Unionsverlag Taschenbuch 1003
© by The House of Books, Antwerpen 2001
© by Verlag C.H.Beck, München 2005
Diese Ausgabe erscheint mit freundlicher Genehmigung
des Verlags C.H.Beck.
Originaltitel: De buitenkant van Meneer Jules
Neptunstrasse 20, CH-8032 Zürich
Telefon +41 44 283 20 00
mail@unionsverlag.ch
Alle Rechte vorbehalten
Reihengestaltung: Heinz Unternährer
Umschlagfoto: Mella (photocase.de)
Umschlaggestaltung: Peter Löffelholz
Satz: Fotosatz Amann, Memmingen
Druck und Bindung: CPI – Clausen & Bosse, Leck
ISBN 978-3-293-71003-0


Der Unionsverlag wird vom Bundesamt für Kultur mit einem
Verlagsförderungs-Strukturbeitrag für die Jahre 2021–2024 unterstützt.

»Was wir aus unserem Leben gemacht haben,
lässt uns zu dem werden, was wir sind,
wenn wir sterben. Und alles, absolut alles, zählt.«
*Das Tibetische Buch vom Leben und vom Sterben*

Die zeitlose halbe Stunde zwischen Erwachen und Aufstehen umhüllt Alice wie ein vertrautes Kleidungsstück. Sie hat das Gefühl, in einer Gebärmutter dahinzutreiben und einem neuen Tag entgegenzuschaukeln. Entspannt schmiegt sich ihr Körper in die warmen Falten des Bettes, ihre Muskeln und Gelenke sind schwerelos, der Geist leer. Jules' Geruch – ein Hauch von verflogenem Alkohol, Muskatnuss und altem Mann – liegt wie ein dunkler Schatten hinter ihr. Gewohnheitsgemäß kümmert er sich in der Küche um das Frühstück, das Einzige, was er im Haushalt tut, soweit sie sich erinnert. Jeden Morgen Punkt acht beginnt er mit seinem Ritual. Alice steht erst auf, wenn der Duft von frischem Kaffee die Gerüche des Bettes überdeckt und sie sich bewusst gemacht hat, wie gut es ihr eigentlich geht. Dann rappelt sie sich hoch, spürt, dass ihre Haut um Hüften und Schenkel spannt wie ein zu straff gezogenes Gummiband. Ihre geschrumpften Brüste suchen Halt an den Rippen. Sie weiß, dass die Beschwerlichkeiten der ersten Morgenstunde nach und nach mit kleinen Stichen hier und da vergehen werden und dass sie gegen Mittag wieder in ihrem alten Körper stecken wird. Mehr oder weniger.

Es hatte geschneit. Alice schaute aus dem Fenster und sah unten die weiß leuchtende Straße. Sie hüllte sich in den Morgenmantel und versuchte so, die Wärme des Bettes unter dem blauen Frotteestoff zu bewahren. Den Gürtel zog sie stramm um ihre Taille und steckte die Hände in die Taschen. Bea, die unter ihnen wohnte, kehrte im gelblichen Schein einer Straßenlaterne auf dem Bürgersteig vor dem Haus Schnee.

»Die ist auch immer nur am Ackern«, dachte Alice.

Sie blieb stehen und hörte zu, wie sich Rauschen und Schaben von Besen und Schaufel immer wieder abwechselten, eine Fanfare in der Ferne, die nicht näher kam. Fröstelnd ging sie in die Richtung, aus der der Kaffeeduft kam.

»Es hat geschneit, Jules«, sagte sie zum Hinterkopf ihres Mannes, der über die Rückenlehne des Sofas ragte. Meistens wartete er in der Küche am Frühstückstisch auf sie, den er immer auf die gleiche, akkurate Weise gedeckt hatte. Jules antwortete nicht, was ihr ein Lächeln entlockte. Bestimmt starrte er wehmütig in den Schnee und dachte dabei an früher, als es noch richtige Winter gegeben hatte. Eisig und rau. Langsam kam sie näher, gebremst durch ihre steifen Knie. Aus einem Impuls heraus legte sie kurz die Hand auf sein schütteres Haar. Sacht auftretend ging sie um das Ledersofa herum und setzte sich neben ihren Mann. Dass er von seinen eigenen Hausregeln abwich, um durch die Wand aus Glas die Schneelandschaft in sich aufzunehmen, stimmte sie mild. Auf diese Weise bekam sie selbst unerwartet ein Stückchen Freiheit geschenkt. Die Pflicht rief sie noch nicht gleich.

Sie rückte näher an ihn heran und spürte die Wärme seiner Schulter an ihrer. Kurz neigte sie den Kopf zur Seite, bis der raue Stoff seiner Jacke ihre Wange kratzte.

»Es ist irgendwie hell und dunkel zugleich«, sagte sie und lächelte ihr Spiegelbild in der großen Fensterscheibe an.

Jules erwiderte nichts. Reglos blieb er neben ihr sitzen, mit den Händen auf den scharfen Bügelfalten der Hose. In der Küche hörte sie, wie die letzten Tropfen durch die Kaffeemaschine fielen, dann das Finale aus Dampfen und Schnauben. In der lärmenden Stille, die darauf folgte, drang die Wirklichkeit zu ihr durch.

»Jules!«

Ihre Stimme brach mit Kraft aus ihrer Kehle hervor, wie ein Vogel, der aus dem Gebüsch aufschreckt.

Sie schüttelte und schlug ihn, bekam aber keine Bewegung in den starren Körper.

»Jules!«

Wieder ein Vogel. Ein kleiner, scheuer.

Er reagierte nicht. Schwerfällig bewegte er sich mit, als sie ihn mit klauenartig gekrümmten Fingern bei den Schultern packte. Jules war tot. Sie konnte es nicht fassen. Im glückseligsten Moment ihres Tages, ihrem Gebärmutterhalbenstündchen, war er gestorben. Doch vorher hatte er noch seine Pflicht getan. Er hatte den Tisch gedeckt und Kaffee aufgesetzt.

Es kam ihr so merkwürdig vor, dass sie neben ihm gesessen hatte und einfach davon ausgegangen war, dass er lebte. Sie hatte mit ihm gesprochen und gedacht, er würde aufstehen, mit ihr in die Küche gehen und sich an den gedeckten Tisch setzen. Dieser Gedanke beruhigte sie. Jules würde erst dann wirklich tot sein, wenn sein Sterben bis ins Mark zu ihr durchgedrungen war. Bisher traf die Wahrheit lediglich von außen zu, an den äußeren Enden ihrer Nerven. Wie Nieselregen sickerte die Wahrheit durch ihre Poren in sie hinein.

»Für die Hinterbliebenen ist es immer schlimm«, flüsterte sie, und die Oberflächlichkeit dieser lächerlichen Bemerkung beruhigte sie einen Moment lang. Sie legte ihre noch bettwarme Hand auf seine, die sich kühl anfühlte. Aber nicht kalt.

Natürlich hatten sie übers Sterben geredet, ihre Angst davor, sich in menschliche Wracks zu verwandeln, miteinander geteilt. Jules reagierte immer gereizt, wenn sie sagte, sie fände es gar nicht so tragisch, dement zu werden. Es erschien ihr wie ein recht sorgloses Dasein. Nichts mehr regeln müssen, Schwestern, die einem geduldig das letzte bisschen Leben einlöffelten, die Freundinnen aus dem Kindergarten und die ersten heimlichen Liebhaber, die unerwartet vorbeikämen. Vor allem mit Letzterem konnte sie ihren Mann auf die Palme bringen. Er war ihr erster Liebhaber gewesen, er hatte sie ins Leben und in die Liebe eingeweiht. Sogar fünfzig Jahre später duldete er keine Scherze über sogenannte Rivalen.

»Denk doch auch mal an die Hinterbliebenen und nicht nur an dich selbst«, sagte er dann. »Stell dir vor, du würdest mich nicht mehr wiedererkennen. Auch Herman nicht oder die Enkel.«

Tja, das war dann das Problem der Hinterbliebenen, dachte sie. Doch diesen völlig auf sich selbst bezogenen Gedanken sprach sie nicht aus. Ihr kam es so friedlich vor, auf der Schwelle des Todes in einer Nebelbank zu verschwinden, wo Erinnerungen langsam verblassten und Geräusche verebbten. Sie fand es sogar romantisch, wenn das Leben auf diese Weise erlosch. Wie am Ende eines französischen Films, wenn sich die Farben in einem Panorama aus Pastell brachen. Fin!

Es hatte Momente gegeben, da hatte sie das starke Bedürfnis gehabt, Jules nicht wiederzuerkennen. Doch er war ihr in die Haut eingebrannt. Niemals würde er für sie unsichtbar sein.

Plötzlich sterben, ohne Schmerzen, ohne Angst, das wäre seine Wahl, wenn er eine hätte. Wie der Stoß einer riesigen Hand in den Rücken, ohne jede Chance, sich dagegen zu wappnen. Das Gefühl, das eine Fliege in dem

Sekundenbruchteil haben muss, wenn sich die zusammengerollte Zeitung über ihren schutzlosen Körper erhebt. Das fand Alice dann schlimm für die Hinterbliebenen. Und unverschämt, so ganz ohne jedes Vorzeichen einfach aus dem Leben zu verschwinden.

Wenn Jules also nicht wollte, dass sie dement wurde, dann wäre sie doch für ein schönes, tiefsinniges Sterbelager. Nicht zu lang, nicht zu kurz. Schmerzen und menschenunwürdige Körperlichkeiten wie Windeln oder blau verfärbte Gliedmaßen verdrängte sie. Sie würde in einem warmen Nachthemd unter frisch gebügelten Decken liegen, mit silbergrau getöntem Haar und manikürten Nägeln. Sie würde Jules alles sagen können, was sie fünfzig Jahre lang in sich hineingefressen hatte. Dass sie ihn hasste und dass sie ihn liebte. Dass sie manchmal am liebsten weggelaufen wäre und dass sie froh war, geblieben zu sein. Dass sie hatte frei sein wollen und sich mit jeder Faser an ihn gebunden fühlte. Dinge, die man sich vor dem Hintergrund der Alltagssorgen nicht sagt. Sie würden sich bei den Händen fassen und einander vergeben. Alles. Jules' Kiefergelenk würde sich nur kurz unter seiner schlaff gewordenen Haut bewegen, für sie das Zeichen einzulenken. Unter diesen endgültigen Umständen würde er sich allerdings beherrschen. Er würde nicht böse werden, ihr keine Vorwürfe machen. Er würde sie in Ruhe sterben lassen. Sie schon vermissen, bevor sie Kraft sammelte für ihren letzten Atemzug.

Alice ging so in ihrer Fantasie auf, dass sie für einen Moment vergaß, dass sie jetzt die Hinterbliebene war. Als ihr das Unabwendbare plötzlich wieder einfiel, traten ihr Tränen in die Augen. Sie wischte sich über die Wange und stupste mit ihren nassen Fingern kurz gegen Jules' Handrücken. Die feuchte Kälte des Todes grub sich Gänge unter seiner Haut. Sie erhob sich, nahm das weiße Licht in sich auf, das erbarmungslos ins Zimmer leuchtete. Danach setzte sie sich auf den Couchtisch aus Eichenholz, ihrem Mann direkt gegenüber. Unschlüssig. Sie studierte sein Gesicht. Die Augen waren halb geschlossen wie bei einem Kind, das mitten im Spiel vom Schlaf übermannt worden war. Um die Lippen – bildete sie sich das ein, oder waren sie bläulich? – spielte der Schatten eines Lächelns. Hatte er die große Hand hinter sich gespürt, die ihn über die Grenze zwischen Leben und Tod gestoßen hatte? Nun erst entdeckte sie seine Brille auf dem Boden. Sie hob sie auf, wischte mechanisch die Gläser mit einem Zipfel ihres Bademantels sauber und schob sie vorsichtig auf Jules' Nase.

Er hat nicht gelitten, wusste Alice. Das beruhigte sie. Sie fragte sich, ob sie seine Augen schließen sollte. In Filmen hatte sie gesehen, wie Angehörige die Lider mit einer subtilen Bewegung ihres Daumens zudrückten. Sie stand auf, stellte sich rechts neben Jules und legte ihm die Hand aufs Gesicht. Sie bebte. Letzten Sommer hatte sie am Hauseingang einen kleinen aus dem Nest gefallenen Spatzen gefunden. Sie hatte ihn mit hinaufgenommen und in der Hand gehalten, dem einzig denkbaren Ort, um ihn sterben zu lassen. Ein letztes Zittern, und er war tot gewesen, aber noch von warmer Flaumigkeit umhüllt. Die Berührung von Jules' Lidern und das kaum wahrnehmbare Streicheln seiner Wimpern in ihrer Handfläche ließen sie wieder daran denken. Rasch zog sie die Hand zurück. Sie konnte es nicht. Die Verwunderung würde aus seinem Gesicht verschwinden, wenn sie es täte. Sie setzte sich wieder auf den niedrigen Tisch. Sah seinen erstaunten, fast verlegenen Blick, der ihn jung und verletzbar machte. Sie musste es einfach so lassen.

Als ihr Blick wieder nach unten wanderte, sah sie seine Füße, die in Strümpfen steckten, auf dem Perserteppich. Sie lächelte. »Ach, Jules«, sagte sie kopfschüttelnd. »Wo sind deine Pantoffeln? Du holst dir noch eiskalte Füße, und das schlägt dir auf die Blase.«

Sie ging ins Schlafzimmer, auch hier war jetzt das seltsam weiße Licht eingedrungen. Es musste gelüftet werden, eigentlich war das Jules' Aufgabe. Jetzt machte sie es selbst. Die Kraftanstrengung fuhr ihr durch alle Glieder und löste eine Kettenreaktion wirrer Gedanken aus. Wie ging es jetzt weiter? Wie sollte sie ohne Jules durch den Tag kommen? Wie ohne ihn leben? Sie zwang sich, ausschließlich an die Lederpantoffeln zu denken, und ging suchend in der kleinen Wohnung umher. Sie sah im Badezimmer nach und öffnete, ohne darüber nachzudenken, den Deckel des Wäschekorbs. Das Herz schlug ihr bis zum Hals. Die vollkommen sinnlose Suche nach den Pantoffeln ihres toten Ehemanns hielt sie davon ab, dass es in ihr losbrach. Dass sie über die Ufer trat.

Sie standen ordentlich unter dem gedeckten Tisch, genau unter seinem Teller. Hier hatte er wahrscheinlich den ersten warnenden Druck der Hand in seinem Rücken gespürt, dachte Alice. Er hatte sich bestimmt auf Socken zum Sofa geschleppt, bevor er über den Rand des Abgrunds geglitten war. Sie setzte sich auf seinen Platz, kickte ihre eigenen Pantoffeln weg und schlüpfte in Jules' lederne Hausschuhe, die sie mit ihrem warmen Inneren in sich aufnahmen wie Alice früher Jules. Das rührte sie. Ein Gefühl, das ihr über die Beine und Hüften in den Bauch schoss, hinderte sie einen Moment am Aufstehen. Sie fasste sich bald wieder, schlurfte ins Wohnzimmer und setzte sich erneut ihm gegenüber.

»Gleich ziehe ich dir deine Pantoffeln an, und dann frühstücke ich«, erzählte sie seinem erstaunten Gesicht. »Ich werde zum letzten Mal deinen Kaffee trinken. Und ich muss nachdenken, da du das jetzt ja nicht mehr für mich tust.«

Sie beugte sich vornüber, schmerzhaft spannten sich

die Muskeln in ihren Oberschenkeln. Doch es musste sein.

»Komm schon, hilf mal ein bisschen mit«, feuerte sie Jules an. Seine linke Ferse passte genau in das Schälchen ihrer rechten Hand.

Aber sein lebloses Bein war schwer wie Blei. Weder Knie noch Fuß bewegten sich mit. Alice gab sich jedoch nicht geschlagen. Sie sank auf dem schmalen Streifen Teppich zwischen dem Tisch und Jules' Beinen auf die Knie und ruckelte so lange hin und her, bis beide Pantoffeln an seinen Füßen saßen. In einer Anwandlung ließ sie die Hände in seine Hosenbeine gleiten und umfasste beide Beine. Ihre Liebkosung dehnte sich bis knapp unter seine knochigen Knie aus. Jules' Haut gab eine Kühle ab, als wäre er mit nackten Beinen durch die Abendluft gegangen. Sie hob den Saum seiner Hose an und warf einen Blick auf die blauweißen Schatten, die seiner Haut die Farbe von entrahmter Milch gaben. Dieselbe Farbe wie bei ihr.

Abrupt zog sie die Hände von Jules' Beinen zurück und vergrub sie in ihren Taschen. In der Küche schenkte sie sich eine Tasse Kaffee ein und bestrich eine Scheibe Brot mit Aprikosenmarmelade. Sie aß, rührte und schluckte. Sie betrachtete den kleinen Ausschnitt überbelichteter Welt da draußen, wieder hörte sie eine Fanfare in der Ferne anschwellen. Abwechselnd kurzes und langes

Gekratze von jemandem, der draußen Schnee schippte. Wenigstens würde sie nicht ausrutschen, wenn sie gleich Besorgungen machte. Musste sie heute eigentlich Besorgungen machen? Würde sie überhaupt je wieder Besorgungen machen? Sie konnte sich nicht vorstellen, ohne Jules als Regisseur allein zwischen den Regalen im Supermarkt zu stehen. Ein nervöses Lachen stieg in ihrer Kehle auf.

Was sollte sie tun? Einen Arzt anrufen? Herman? Er war sicher schon auf dem Weg zur Arbeit. Dann bekäme sie Aimée, seine Frau, ans Telefon. Alice schüttelte entschlossen den Kopf. Herman musste von ihr persönlich hören, dass sein Vater tot war, nicht über einen Umweg. Oder war Aimée gar kein Umweg? Sie stand auf und schenkte sich noch eine Tasse Kaffee ein. Es half, die Panik zu unterdrücken, die sich schon wieder zu regen begann. Diesmal genau unter dem Magen.

Sie zog die Kühlschranktür auf und sah den Inhalt, ohne ihn wirklich wahrzunehmen. Sie wollten heute Lammkoteletts essen, mit Rosmarin und Knoblauch. Jules war verrückt danach. Er hatte sie gestern, ohne zu fragen, in den Einkaufswagen gelegt. Alice gelang es nie ganz, die wolligen Lämmchen aus ihren Gedanken zu verbannen, weshalb sie meist ihre Portion auf seinen Teller schob.

Im Gemüsefach zeichneten sich die wolkenartigen Konturen eines Blumenkohls ab. Der ärmliche Geschmack und der muffige Geruch in der Küche erinnerten Alice immer an die harten Kriegsjahre. Heute würde sie keinen Blumenkohl essen und schon gar keine Lammkoteletts. Sie warf die Packung Fleisch in die fast leere Gefriertruhe und fröstelte, als die Kälte ihr gegen den Morgenmantel fuhr. Sie zögerte, hielt zwei graugrüne Seezungen in der Hand und nahm stattdessen eine Schachtel Krabben. Ein halbes Pfund. Die würde sie heute Mittag ganz alleine aufessen, beschloss sie übermütig. Gleich würde sie zum Supermarkt gehen, um zwei glänzende Fleischtomaten zu kaufen. Gefüllte Tomaten mit Krabben, darauf hatte sie Lust. Sie würde Pommes frites dazu backen mit selbst gemachter Mayonnaise. Von ihrer Mutter hatte sie gelernt, nie Mayonnaise zu schlagen oder Brot zu backen, wenn sie ihre Tage hatte, weil dann garantiert alles misslang. Alice legte sich die Hand auf den Bauch und lächelte. Ihre Mayonnaise würde gelingen und nach früher schmecken. Und Jules würde ihr die Suppe nicht versalzen, indem er ein Glas Fertigmayonnaise in den Einkaufswagen legte. Er fand es übertrieben, sich wegen der paar Cents einen Krampf in die Finger zu rühren. Er erklärte ihr, in rohen Eiern seien Salmonellen, an denen man sterben konnte. Jules wusste alles. Doch das war ihr heute egal.

Alice räumte den Tisch ab. Das ging schnell, weil Schränke, Anrichte und Tisch nicht weiter als zwei Schritte voneinander entfernt waren. In der Zwischenzeit fanden die Gedanken in ihrem Kopf in eine Ordnung zurück. Sie würde sich erst waschen und anziehen, etwas Lippenstift auf die trockenen Lippen auftragen, ihrer eingefallenen Frisur mit dem spitzen Ende des Kammes zu neuem Leben verhelfen. Während sie mit ihrer Toilette beschäftigt war, las Jules immer die Zeitung. Das heißt früher. Gestern. Wenn sie aus dem Bad kam, ging sie immer, einer festen Route folgend, durchs Wohnzimmer, den Staublappen schwenkend wie ein ermatteter Dirigent. Jules las ihr dabei die interessantesten Neuigkeiten vor. Kurzmeldungen und menschliches Leid interessierten sie mehr als politische Intrigen oder Kriege. Seine Auswahl betraf meist entrissene Handtaschen, kleine Diebstähle und gelegentlich einen Mord. Je näher am Tatort, desto schlimmer fand es Alice und desto gnadenloser fiel ihr Urteil aus. Weißt du, was sie mit jemandem machen müssten, der bei einer wehrlosen alten Frau einbricht? Ja. Jules wusste es. Raschelnd faltete er die Zeitung zusammen, damit er sich ihre Foltermethoden nicht anhören musste.

Sie beschloss, dasselbe wie gestern anzuziehen. Einen braunen Rock und darüber eine rostfarbene Wollweste, die sie einmal selbst gestrickt hatte. Sie saß etwas eng um den Busen. Alice ging so stark in der Erwartung eines ganz gewöhnlichen Tages auf, dass sie wie angewurzelt im Flur zwischen Küche und Wohnzimmer stehen blieb. Sie hatte kurzzeitig ganz vergessen, dass Jules tot war. Er saß noch genauso da wie vor einer halben Stunde. Trotzdem merkte sie, dass während ihres Frühstücks die letzte Wärme aus seinem Körper entströmt war und der letzte Hauch Lebendigkeit. Vielleicht war es auch bis zu ihm selbst durchgedrungen, dass das Leben aus all seinen Poren gewichen war.

»Entspann dich ein bisschen, Jules«, sagte sie. »Ich hole gleich die Zeitung.«

Das gehörte zu seinem Morgenritual, nicht zu ihrem. Doch heute mussten alle Regeln durchbrochen werden. Jules ging nie nach unten, bevor er nicht gewaschen, angezogen und rasiert war. Beide lachten sie über schludrige Nachbarinnen, die in verwaschenen Morgenröcken ihre Tageszeitungen holen gingen. Über Männer in gestreiften Pyjamahosen unter den Regenmänteln, die die Gerüche der Nacht wie eine Aura um sich trugen. Die Leute haben heutzutage keine Manieren mehr, sagten sie zueinander.

Sie atmete mit vorgebeugtem Kopf ihren eigenen Körpergeruch ein, zog den Frotteegürtel ihres Morgenmantels fest um die Taille und setzte sich vor Jules auf den niedrigen kleinen Tisch. Sie hätte schwören können, dass er lächelte.

»Ich zieh mir schnell den Mantel über und schaue erst, ob der Aufzug auch kommt«, beruhigte sie ihn.

Niemand würde merken, dass auch sie ihre guten Manieren verloren hatte. Sie würde niemandem die Gelegenheit geben, sich nach Herrn Jules zu erkundigen.

Über sein vermeintliches Lächeln legte sich ein besorgter Zug. Zog er für den Bruchteil einer Sekunde die Augenbrauen hoch? Oder bildete sie sich das nur ein? Sie schüttelte den Gedanken an den Supermarkt von sich ab. Die Tomaten würde sie sich heute Mittag einfach dazudenken. Sie sollte besser nicht allein in einem Geschäft herumlaufen. Alle würden sich nach Jules erkundigen. Was sollte sie dann sagen? Dass er zu Hause tot auf dem Sofa saß? Er war nicht tot, solange sie niemandem davon erzählte. Er lebte, solange sie das wollte. Sie hatte ihm noch so viel zu sagen. Im Laufe des Tages würde es ihr schon einfallen. Heute musste man sie einfach in Ruhe lassen.

Kurz entschlossen stand sie auf und streichelte ihm aus einem Impuls heraus über die Wange. Sie erstarrte. Eiskalt war er, seine Haut war wie Marmor geworden. Es schien, als fließe das Leben nun auch aus ihr heraus. Sie sank neben ihm aufs Sofa und lehnte ihren Kopf an das raue Tweed seiner Schulter, wie ein Hund, der um Wärme bettelt. Eine unverkennbar feuchte Kälte hatte von seinem ganzen Körper Besitz ergriffen und drang nun durch seine Kleidung. Auch sein Männergeruch, den sie noch stärker vermisste als seine Körperwärme, war verschwunden. Seife, Haut, Kaffee, vertrautes Haustier … alles weg. Jules saß da wie seine eigene Kopie in Madame Tussauds Wachsfigurenkabinett. Alice weinte. Ihre Tränen liefen in seine Schulterpolster, tropften auf seine wachsbleiche Hand. Als sie aufstand, spürte sie, wie sein Körper sich kurz zu ihr neigte, um danach wieder seine alte Position einzunehmen.

Sie musste die Zeitung Zeitung sein lassen und sich neben Jules legen, den Kopf in seinem Schoß. Sie musste jetzt telefonieren. Doch sie fasste sich wieder. Wenn Ärzte, Nachbarn oder Bestatter erst anfingen, sich um ihren Mann zu kümmern, hätte sie ihn innerhalb einer Stunde verloren. Für immer. Dann trügen sie ihn binnen einer Stunde aus der Wohnung. In einem Sarg, den sie sich aus einem Album aussuchen musste. Das konnte sie nicht zulassen.

Sie eilte in das kleine Hinterzimmer und holte ein Plaid aus dem Schrank. Auf einmal sah sie das Schachspiel auf dem antiken Tischchen stehen, alle Figuren bereit für die nächste Partie.

David, schoss es ihr durch den Kopf. Sie hatte David vollkommen vergessen. Pünktlich um zehn Uhr würde er vor der Tür stehen, bereit für sein Schach mit Jules.

Das Plaid. Die Zeitung. Die Zeit. David. Die vier

Dinge schwirrten ihr alle zugleich durch den Kopf und setzten sie in Gang. Sie eilte in die Küche und sah auf der Uhr, dass es noch nicht einmal Viertel vor neun war. Die Karodecke, die früher auf dem Rücksitz ihres ersten Autos gelegen hatte, einem stattlichen Fiat 1400 mit runden Flanken und hohem Heck, legte sie nun über Jules' Knie.

»Hier, mein Lieber«, sagte sie leise, »sonst wird es dir viel zu kalt.«

Jetzt, da sie seine blauweißen Hände nicht mehr sehen konnte, das Geflecht aus steif gewordenen Adern unter der Haut, schien er etwas weniger tot. Im Flur nahm sie ihren dunkelblauen Regenmantel von der Garderobe und zog ihn über ihren Morgenrock. Im Spiegel sah sie, wie sich drei Lagen Stoff um ihre Knie drängten. Bei mir blitzt es, dachte sie in der Sprache ihrer Jugend. Bei Mädchen von heute ›blitzte‹ es nicht mehr, obwohl es so ein feierliches Wort war. Sie steckte ihren Kopf durch die Tür und spähte ins Treppenhaus zur gegenüberliegenden Wohnung. Dort wohnte ein junges Pärchen, beide berufstätig. Die standen sicher längst irgendwo im Stau. Sie drückte auf den abgenutzten Fahrstuhlknopf, in den ihr Finger genau hineinpasste, dann nahm das mechanische Rumpeln und Rattern seinen Anfang. In der viereckigen Kabine rauschte sie sechs Stockwerke nach unten. Sie klammerte sich am Schlüsselbund in ihrer Manteltasche fest, als wäre er eine Rettungsboje.

Der Hausflur, der wegen des Schnees überbelichtet wirkte, war wie ausgestorben. Auf dem Marmorboden zeichnete sich eine Spur nasser Schuhabdrücke ab. Alice blickte auf ihre eigenen Füße in den Pantoffeln, sah die dünnen bläulichen Knöchel. Sie würde totenbleich werden, wenn sie jetzt jemand so sehen würde. Die Zeitung ragte aus dem Briefkasten hervor, sie musste nicht einmal die Klappe öffnen. Das bedeutete Zeitgewinn. Zum Glück war der Fahrstuhl noch da, und innerhalb weniger Sekunden stand Alice wieder vor ihrer Wohnungstür.

Mit zittrigen Fingern drehte sie den Schlüssel im Schloss und betrat frierend und außer Atem ihr eigenes Reich.

»Ich nehme ein Bad, Jules, auch wenn heute erst Mittwoch ist. Ich bin ganz durchgefroren«, sagte sie, während sie ihm die Zeitung auf den Schoß legte.

Sie gab einen Schuss Lavendelöl auf das weiße Porzellan der Badewanne, drehte den Warmwasserhahn weit auf und tastete in einer Schublade nach ihrer Duschhaube. Nasse Nackenhaare konnte sie nicht ausstehen, und sie waren nicht gut für den Kragen ihrer Weste. Sie stopfte ihre Locken unter das Gummi und zog sich in dem tropisch warmen Raum aus. Bevor sie sich ins Wasser gleiten ließ, trat sie nackt und mit der lächerlichen Haube auf dem Kopf in den Flur.

»In der Wanne überlege ich mir, was wir mit David machen«, rief sie Jules' unbeweglichem Hinterkopf zu. »Vielleicht kann ich Bea anrufen und sagen, du musstest unerwartet weg. Oder dass du eine Grippe hast. Aber dann erzählt sie mir bestimmt was von Kräutertee oder Schwitzkuren. Ich denk mir schon was aus. Wir haben ja noch eine Stunde.«

Was für jeden anderen nichts weiter wäre als eine bedeutungslose Gewohnheit, die jederzeit durchbrochen werden konnte, war für den Nachbarsjungen David ein Halt in seinen unausgefüllten Ferientagen. Seine tägliche Schachpartie mit Herrn Jules war eine Insel in der Zeit, ein weiß-schwarz karierter Zufluchtsort. Sie begannen immer mit einer neuen Partie, jeder machte seinen Eröffnungszug. Um halb elf fegte David klirrend alle Steine vom Brett, egal, wie es gerade stand. Es war ihnen bisher nur ein einziges Mal gelungen, eine Partie innerhalb der erlaubten halben Stunde zu beenden. David hatte gewonnen, doch das ließ ihn völlig kalt. Es ging ihm nicht ums Spiel und auch nicht ums Gewinnen, sondern um die Sicherheit einer sich stets wiederholenden Gewohnheit. Der Junge hatte ein Engelsgesicht, das nicht recht zu seinem schlaksigen, hoch aufgeschossenen Körper zu passen schien, der sich wie ferngesteuert bewegte. Selten sagte er was. Er beobachtete, sog Eindrücke und Stimmungen auf, lächelte und schwieg. Das Leben spulte sich ab wie ein Theaterstück, in dem er selbst sorgfältig

Regie führte. Er wohnte mit seiner Mutter Bea drei Etagen unter ihnen. Einen Vater oder andere Mitbewohner hatte Alice nie gesehen. Und David war kein Kind, dem man Fragen über Dinge hätte stellen können, die sich außerhalb seines Blickfeldes abspielten.

Vor einem Jahr, um die Mittagszeit, waren sie ihnen im Fahrstuhl begegnet. Mit unwilligem Blick hatte der Junge erst von Jules zu ihr geschaut, um dann einen Punkt über ihren Köpfen zu fixieren. Jules fragte ihn, ob er Ferien habe, bekam aber keine Reaktion. Sie waren Teil der Luft, die er atmete, mehr nicht. Jules' Ansicht über unerzogene Kinder lag ihm auf der Zunge. Sobald sie die Tür hinter sich zugezogen hätten, würde es aus ihm herauspurzeln, das wusste Alice. Sie aber war von dem Jungen gerührt gewesen. Sie hatte sein Alter nicht genau schätzen können. Der Schatten eines Mannes schimmerte schon auf seiner Oberlippe, doch die rundlichen Waden unter den weiten Hosenbeinen waren die eines Kindes. Er hatte sie an den kleinen Jungen aus dem spanischen Film *Marcelino pan y vino* erinnert, der sie als Kind zu Tränen gerührt hatte. Jules hatte vor sich hin geschnaubt.

»David ist autistisch«, hatte Bea gesagt, daran gewöhnt, die Missbilligung Erwachsener aus ihren Seufzern herauszuhören. »Und er ist heute etwas verärgert. Sonst hätte er sicher gesagt, dass er Herbstferien hat. Stimmt's, David?«

»Und wieso bist du verärgert?«, hatte Alice gefragt. Ihn, nicht seine Mutter, denn sie hatte nicht genau gewusst, was autistisch war.

Er hatte sie starr angeblickt. Sie eingeatmet wie Luft. Aber nicht geantwortet.

»Er hat in der Schule gerade gelernt, Schach zu spielen«, hatte Bea erklärt. »Er ist davon besessen, aber ich kann es nicht, also …«

»Ich würde gern eine kleine Partie Schach mit dir spielen. Wahrscheinlich gewinnst du gegen mich, ich habe nämlich schon lange nicht mehr gespielt. Komm doch heute Nachmittag mal vorbei, so gegen drei«, bot Jules an.

Alice hatte in diesem Moment ihre Liebe zu Jules gespürt. Über Davids Gesicht war ein Lächeln gehuscht.

»Morgen, um zehn Uhr«, hatte er leise gesagt, in einem Ton, der keinen Widerspruch duldete.

Bea hatte gelacht.

»Er hängt sehr an seinen Gewohnheiten. In der Schule wird immer pünktlich um zehn Uhr Schach gespielt.«

Und so hatte es angefangen. Pünktlich um zehn Uhr am nächsten Morgen fuhr David mit seiner Mutter drei Etagen nach oben und wurde in einer identisch geschnittenen Wohnung zurückgelassen. Jules wurde in der Gesellschaft des Jungen ebenfalls autistisch. Sie sprachen kein Wort, saßen einander brütend gegenüber, schwiegen und versetzten abwechselnd die Schachfiguren. Höflichkeiten wie Kekse oder Kakao standen nicht auf der Tagesordnung. David kam zum Schachspielen. Nicht zum Essen oder Trinken.

Seit diesem ersten Mal war er die Ferien über jeden Tag gekommen, pünktlich um zehn. Allein, darauf bestand er. Seine Mutter setzte ihn in der dritten Etage in den Aufzug, und in der sechsten stieg er aus und klingelte an ihrer Wohnungstür.

»Guten Tag, Herr Jules. Guten Tag, Frau Alice«, sagte David. Pünktlich um halb elf wurde die Partie abgebrochen.

Das Badewasser war wie Kerzenlicht. Es zeichnete die Konturen von Alices altem Körper weicher, strich die Falten ihrer zu weiten Haut glatt. Jules würde ihr nie wieder die Hand auf den Bauch legen, nie mehr sagen, ihre Haut sei wie die eines überreifen Pfirsichs. Früher war sie straff und glatt gewesen wie bei einem Apfel. Abrupt stieg sie aus dem Wasser, rieb sich mit einem Handtuch trocken, das noch feucht von Jules war. Seine Hautschuppen mischten sich mit ihren. Während sie das Handtuch über dem Heizkörper ausbreitete, eilten ihre Gedanken der Zeit ein Stück voraus. Ihr Geist öffnete sich wie ein Blumenkelch für die Zeitungsberichte, die Jules ihr gleich vorlesen würde. Anschließend würden sie überlegen, was sie essen wollten. Und einkaufen gehen.

Sie musste ihre Verwirrung hinunterschlucken, als sein Hinterkopf wieder in ihr Blickfeld geriet. Wie konnte sie schon wieder vergessen haben, dass Jules nicht mehr von dieser Welt war? Als sie neben ihm saß, war sie sich ihrer eigenen Wärme schmerzhaft bewusst. Sie sah erneut, dass sein Profil wie aus Marmor gemeißelt schien. Das kleine Grübchen auf seiner Oberlippe, die Falten an seinem Hals, die messerscharfe Kerbe, die von den Nasenflügeln zu den Mundwinkeln lief. Seine Haut war zu Stein geworden. Sie strich mit vorsichtigem Finger über seine Wange, berührte die Altersflecken auf seiner Schläfe. Jules war zu einer Plastik erstarrt, ein Abbild seiner selbst geworden.

»Jules! Kannst du mich noch hören?«, fragte sie drängend, während sie den Bogen seiner Ohrmuschel befühlte. Das Ohrläppchen, einst Fleisch gewordene Zartheit, war nun hart wie ein polierter Kieselstein.

Sie wollte sich gerade das Plaid über die Knie ziehen, als das Telefon klingelte. Ihr Magen zog sich zusammen.

Es war Bea.

»Frau Alice, ich habe ein großes Problem.« Ihre Stimme klang panisch und gehetzt, als wäre jemand hinter ihr her. »Meine Mutter ist heute Morgen im Schnee ausgerutscht und ins Krankenhaus gebracht worden. Wahrscheinlich hat sie sich die Hüfte gebrochen. Ich muss zu ihr, aber David dreht in unerwarteten Situationen so leicht durch. Und er will seine Schachpartie nicht verpassen. Darf er vielleicht ein halbes Stündchen früher kommen?«

Alice verschlug es die Sprache. Sie hatte alle Gedanken an David mit dem Badewasser abfließen lassen. Was sollte sie sagen? Dass es nicht ging, weil Herr Jules tot auf dem Sofa saß? Bea war eine energische Frau, allzeit bereit zu einer guten Tat. Sie würde ohne zu zögern das übliche Getriebe in Gang setzen. Der Mann mit seinem Album voller Särge würde auftauchen. Herman und seine Frau würden innerhalb einer halben Stunde hier im Zimmer sitzen, Jules' letzten Rest Kaffee wegschütten und auf den Schreck hin neuen machen. Sie würden Alice trösten, noch bevor sie sich selbst getröstet hätte. Dem wäre sie nicht gewachsen. Noch nicht. Sie musste erst von Jules Abschied nehmen, bevor sie ihn gehen lassen konnte. Sie wollte ihn unter vier Augen sprechen, ihm alles erzählen, was er noch wissen musste.

»Eigentlich habe ich selbst ein Problem.«

Die Worte purzelten ihr aus dem Mund, eingehüllt in warmen Atem. »Mein Mann fühlt sich nämlich nicht so gut. Eine kleine Grippe, glaube ich.«

Sie hörte Bea drei Etagen tiefer laut seufzen. Sie glaubte sogar ein Schluchzen zu vernehmen.

»Ach, lassen Sie den armen Jungen ruhig kommen. Wir müssen einander in schweren Zeiten doch helfen, nicht wahr«, beschloss Alice aus einer plötzlichen Anwandlung heraus. »Zur Not spiele ich eben eine kleine Partie Schach mit ihm.«

Sie konnte keinen Turm von einem Bauern unterscheiden, doch ihr würde schon etwas einfallen. Sie sehnte sich nach einem ganz normalen Tag mit Fixpunkten, David inbegriffen. Es würde ihr helfen, Ruhe zu bewahren und die Wirklichkeit zu akzeptieren. Jede Stunde eine genau bemessene Dosis.

»Das ist wirklich nett von Ihnen, Frau Alice«, erklang Beas Stimme. »Aber leicht wird es nicht. Es ist noch nicht Davids gewohnte Zeit, und ein anderer Schachpartner wird ihm auch nicht gefallen. Aber Not kennt kein Gebot. Darf ich ihn jetzt gleich hochschicken?«

Sie konnte nicht mehr zurück.

»Setzen Sie ihn nur in den Fahrstuhl, ich warte dort auf ihn«, sagte sie.

Ihre Hand zitterte, als sie den Hörer auflegte. Jules sagte nichts.

»Dame spielen macht David sicher auch Spaß«, dachte sie laut und hoffte auf Jules' Zustimmung. Doch es blieb still im Zimmer. Totenstill und weiß.

Sie schloss sorgfältig die Wohnzimmertür hinter sich und postierte sich auf dem Treppenabsatz. Vielleicht begleitete Bea ihren Sohn ja angesichts dieser besonderen Umstände. Sie hörte schon das Summen und Quietschen in den Eingeweiden des Mietshauses. Doch David kam allein aus dem Fahrstuhl. Als er sie sah, verdunkelten sich seine Augen ein wenig. Seine Hände ballten sich kurz zu Fäusten. Aber dann lösten sich seine Finger aus ihrem eigenen Griff und spielten eine wilde Etüde in der Luft.

»Komm schnell rein, David«, sagte Alice, ohne seine flatternden Hände zu beachten. »Herr Jules ist ein bisschen krank, aber ich spiele eine kleine Partie Dame mit dir. Ich muss nur rasch die Steine suchen.«

Sie lotste ihn in das kleine Nebenzimmer, sah, wie er die Sitzfläche des Stuhls von imaginärem Staub befreite und sich mit kerzengeradem Rücken vor das Schachbrett setzte. Er sagte kein Wort. Also plauderte sie ein bisschen daher. Ihre Worte flatterten wie Schmetterlinge durch den Raum. In der Zwischenzeit suchte sie im Wandschrank nach der Zigarrenkiste mit dem Bild von Elisabeth Bas, die schon seit Jahren die vierzig Damesteine bewachte.

»Deine Oma ist also im Schnee ausgerutscht?«, fragte sie. »Dann war sie heute Morgen ja schon früh unterwegs.«

Sie stellte drei gleiche Holzkästchen auf den Tisch, fand in dem ersten Spielkarten, in dem zweiten Umschläge mit ausländischen Münzen, in dem dritten schließlich die weißen und schwarzen Steine.

»Ah, da sind sie ja. Wir nehmen das Damebrett aus dem Karton, dann können wir die Schachfiguren einfach stehen lassen. Die hat Herr Jules gestern Abend schon bereitgestellt. Du weißt doch, dass auf der Rückseite von einem Schachbrett immer ein Damebrett ist?«

David schwieg wie ein Grab, und sie fühlte mit ihm. Sie verstand sein Bedürfnis nach festen Mustern an festen Orten, eingefasst in den eisernen Griff der Zeit. Ein Mensch konnte das Schicksal wenden, indem er genau im richtigen Moment das richtige Spiel spielte. Sie nahm die geflickte Schachtel mit dem vergilbten Klebeband und hoffte, dort das zusammengeklappte Damebrett mit dem Mensch-ärgere-dich-nicht-Spiel auf der Rückseite zu finden. In den bunten Kreisen war der geballte Ärger ganzer Jahre bewahrt. Die Tränen von Herman, der nicht verlieren konnte und dies mit feuchten Wutausbrüchen gezeigt hatte, waren zwischen den Linien geronnen.

Unter dem Damebrett entdeckte sie plötzlich die Zeitschrift. Sie hielt sie in den Händen, im glänzend schwarzen Umschlag fing sich das Licht. Sie konnte die Abdrücke der Buchstaben noch immer ausmachen. Die Zeit hatte sie nicht getilgt. Sofort erkannte sie Jules' Handschrift in den tiefen Rillen. Die schwarze Oberfläche zog sie in sich hinein, sie verschwand wie unter Wasser, schwamm in der Zeit.

Sie hatte David, der noch immer kerzengerade und mit vorsichtig flatternden Fingern vor dem Schachbrett saß, vollkommen vergessen.

Bis sich schließlich seine Verzweiflung über all das, was heute anders war, in einem schrillen Kreischen entlud.

»Ich will nicht Dame spielen!«, schrie er und fegte das Brett zusammen mit der Zigarrenschachtel vom Tisch. Die Steine kullerten langsam in alle Richtungen davon, bis sie kreiselnd zum Liegen kamen. David sog tief Luft ein und schmetterte in einem Atemzug noch drei Sätze hinterher. *Staccato.*

»Ich will keinen Schnee, ich will nicht Dame spielen um halb zehn, und ich will keine Frau Alice.«

Er neigte den Kopf und ließ die Schultern hängen. Kurz schaute er sie an wie *Marcelino pan y vino.* Dann sah sie die Tränen an seinen dunklen Wimpern.

»Ich will Schach spielen mit Herrn Jules. Um zehn Uhr«, piepste er.

»Herr Jules ist ein bisschen krank«, sagte Alice kurz und bestimmt.

»Liegt er im Bett?«, fragte David nach einer kurzen Pause, in der er seine Worte formuliert hatte.

»Nein, er sitzt auf dem Sofa im Wohnzimmer«, antwortete Alice. »Er schaut sich den Schnee an.«

David stand auf und bändigte seine flatternden Hände, indem er sie unter die Achseln klemmte.

»Komm«, sagte er zu Alice.

Sie protestierte nicht. Sie musste den Jungen wohl mit ins Wohnzimmer nehmen, damit er mit eigenen Augen sehen konnte, dass Herr Jules heute nicht in der Lage war, Schach zu spielen.

Krank, erstarrt, weltenfern oder aus Wachs modelliert: Vielleicht war das für David ja ein und dasselbe.

Als sie zusammen vor dem Sofa standen, dicht nebeneinander, jedoch tunlichst darauf bedacht, eine Berührung zu vermeiden, betrachtete David aufmerksam die Szenerie. Dann löste er sich aus Alices Schatten und ging auf Jules zu. Er legte ihm die Hand auf die versteinerte Stirn und blies sanft in das dünne Haar. Es bewegte sich fast unmerklich in der kleinen warmen Brise und machte Jules wieder ein wenig lebendig. Alices Hand legte sich ganz von allein dorthin, wo ihr Herz schlug. Sie war völlig machtlos. David glich einem Engel, wie er so über ihren Mann gebeugt dastand. Ein Wesen von einem anderen Stern, das kam, um Jules zu holen, und ihm vor seiner letzten Reise einen Hauch neuen Lebens einblies.

»Herr Jules ist nicht krank. Herr Jules ist tot«, sagte David.

»Ja«, gab Alice zu. »Ich weiß.«

Mit würdevollen Schritten, zu feierlich für ein Kind, ging er aus dem Zimmer. Alice trippelte hinter ihm her.

Sie sah, wie er sich vor das Schachbrett setzte, den Blick über die Figuren schweifen ließ. Akkurat schob er den weißen Bauern vor dem König zwei Felder vor. Dann legte er den Zeigefinger auf den schwarzen Bauern und verschob ihn. Er übernahm Jules' Part, und Alice tat es fast weh, dass ihr Ehemann so leicht zu ersetzen war. David ging ganz in seinem Spiel auf, in seinem taktischen Vorausdenken, gleichzeitig im Hier und Jetzt. Abwechselnd versetzte er mit einem entschiedenen Klacken weiße und schwarze Figuren. Von Jules' leerem Stuhl abgesehen, war alles haargenau wie gestern und vorgestern. Sie waren sogar wieder gut in der Zeit. Es war zehn nach zehn.

Alice stand vor dem Fenster und blätterte in der Illustrierten. Die Erinnerungen sprangen sie an wie ein Schwarm fliegender Ameisen. Sie tauchten einfach aus dem Nichts auf. Irgendwo mittendrin fand sie den Brief, den sie seinerzeit an Olga geschrieben, aber nie abgeschickt hatte. Dafür war sie heute, mehr als dreißig Jahre später, dankbar. Ich weiß, dass du mit ihm schläfst, auch wenn er steif und fest behauptet, ihr würdet euch nur unterhalten, las sie. Ihre Augen überflogen die Zeilen. Sie wagte es nicht, die Worte zu sich durchdringen zu lassen. Wärst du bloß hinter dem Eisernen Vorhang geblieben, wo du hingehörst ... Als ihr dieser Satz ins Auge fiel, knüllte ihre Hand automatisch das Papier zusammen und ließ es raschelnd in ihrer Westentasche verschwinden.

David war so in sein Schachspiel vertieft, dass er nicht einmal merkte, als Alice ihn alleine ließ. Die Zeitung war Jules von den Knien gerutscht, und das machte ihr Angst. Hatte er sich bewegt? Begann sein Körper, sich auszudehnen, oder gar, sich zu entleeren, wodurch es zu kleinen Verschiebungen kam? Sie legte die Illustrierte vor ihn auf den niedrigen Tisch.

»Gleich, wenn David heim ist, erzähle ich dir auch, wie ich dahintergekommen bin«, sagte sie mit etwas Vorfreude in der Stimme. »Perfekte Mörder oder perfekte Fremdgänger gibt es nicht.«

Auf der Küchenuhr war es fast halb elf. Sie hatte keine Ahnung, wie lange David noch bleiben würde, und um etwas Bodenständiges zu tun, begann sie mit den Essensvorbereitungen. Sie schälte zwei dicke Kartoffeln und stellte sie in einem Topf mit Wasser auf den Gasherd. Das letzte Ei, das sie im Kühlschrank fand, ließ sie von einem Löffel ins Kartoffelwasser gleiten. Die Krabben waren aufgetaut. Alice kippte sie in eine Schale und gab einen Löffel Mayonnaise dazu. Die Lust, selbst mit Öl und Essig herumzuhantieren, war ihr gänzlich vergangen, außerdem war sie sich darüber im Klaren, dass sie ihr letztes Ei verspielt hatte. Sie bekam Visionen von Ferien am Meer, von Tellern mit gebackener Seezunge darauf, einer Handvoll Salat, einem kleinen Berg Pommes frites. Und einem Glas Wein. Sie würde Weißwein trinken heute Mittag, auch wenn es noch lange nicht Sonntag war.

Im Kühlschrank fand sich eine Flasche Sauternes. Doch wie sollte sie die mit ihren Arthritishänden und dem unwillig flatternden Korkenzieher aufkriegen? Ob sie David darum bitten könnte? Sie stellte die Flasche auf den Tisch, und sofort bildete sich ein feuchter Film auf dem Glas. Während die Kartoffeln kochten, blätterte sie die Zeitung durch. Jules war nur einer von vielen Toten heute. Ungeduldig schob sie die verschiedenen Teile der Zeitung ineinander und war erleichtert, dass er es nicht mehr sah. Er bestand darauf, dass eine Zeitung nach dem Lesen genauso aussah wie vorher. Das hatte er ihr immer wieder gesagt. Drei Viertel der Weltnachrichten waren ihr entgangen, als sie das Blatt ins Altpapier warf.

Sie fischte das hart gekochte Ei aus dem Topf und setzte sich wieder neben Jules. Sie war plötzlich ziemlich erschöpft.

»Warum bist du nicht im Bett gestorben?«, fragte sie ihn. »Dann hätten wir jetzt zusammen unter der Decke ein Nickerchen machen können.«

Sie fröstelte, als sie sich an seine Schulter lehnte und

spürte, wie die Kälte seines Körpers in ihren hineinkroch. Sie schloss für einen Moment die Augen und schreckte auf, als David plötzlich vor ihr stand.

»Herr Jules, Sie haben gewonnen«, sagte er. »Morgen dürfen Sie anfangen.«

»David, kannst du eine Weinflasche öffnen?«, fragte Alice.

Sie ging vor ihm her in die Küche und kramte in einer Schublade, bis sie den Korkenzieher fand.

»Ein Korkenzieher ist ein Hebel«, sagte David und schraubte mit Kraft die Spirale in den Korken.

Inzwischen stach Alice in die Kartoffeln. Sie würde sie abkühlen lassen und heute Mittag braten, mit Kräutern der Provence bestreut, die Jules verabscheute. Essen musste seiner Meinung nach problemlos von der Zunge in die Kehle gleiten. Gräten, Strunke, Fasern oder Kerne gehörten da nicht hinein.


»Als ob dir ein Engelchen auf die Zunge pinkelt«, sagte David, als er ihr die geöffnete Flasche über den Tisch zuschob.

Zum ersten Mal hatte er etwas gesagt, das nicht funktional war.

»Sagt deine Mama das immer, wenn sie Wein trinkt?«, fragte Alice, die sich nach etwas Unterhaltung sehnte.

»Ja«, sagte David.

Damit war das Gespräch beendet.

Es blieb ihnen nichts anderes übrig, als zu warten, bis Bea nach Hause käme und ihren schweigenden Sohn zurückholen würde. David zog sich in die sichere Festung des kleinen Vorderzimmers zurück. Vom Flur aus sah Alice, wie er die Schachfiguren in die Kiste räumte, um sie anschließend wieder Stück für Stück herauszunehmen. Er befühlte sie, stellte sie mit genauen Bewegungen wieder dahin, wo sie hingehörten. Bereit für eine neue Partie. Vielleicht sollte sie ihm das Schachspiel schenken, als Erinnerung an seine stillen Ferienverabredungen mit Herrn Jules.

Alice legte zum soundsovielten Mal die Strecke zwischen Vorderzimmer und Jules zurück. Am liebsten hätte sie sich hingelegt, den Kopf auf seinen marmornen Schenkel, die Augen geschlossen und alles vergessen. Doch wenn Bea dann klingelte, käme sie mit ihren steifen Knien nicht gleich hoch. Vom Ledersessel aus hatte sie wieder eine ganz andere Sicht auf ihren Mann. Sein Profil wirkte strenger, schärfer. Alice wartete, die Hände im Schoß. Unter ihrer Haut spürte sie das Leben pulsieren, trotz der vielen Lagen Stoff.

Die Zeit kroch langsam dahin, die Welt drehte sich mit halber Kraft. Und geriet aus dem Gleichgewicht, als es klingelte.

»Ach Gott«, murmelte Alice. »Was mache ich denn jetzt?«

Bevor Gott antworten konnte, war sie schon an der

Tür. Sie sah durch den Spion. Bea stand im Treppen-haus. Auf ihren Schultern glitzerten geschmolzene Schneeflocken.

»Deine Mutter ist gekommen, David«, rief Alice und zog schnell die Wohnzimmertür hermetisch zu.

Die Kälte von draußen hatte sich an Bea festgeklam-mert und ließ Alice frösteln. Es war eine lebende, sich bewegende Kälte, vermischt mit warmem Atem und einem Hauch von Frauenschweiß. Anders als diese mas-sive feuchte Kälte, die sich in Jules festgebissen hatte. David stand schon mit flatternden Händen und zittern-den Wimpern neben ihr. Gefahr, wusste Alice.

»Meiner Mutter geht es nicht gut. Sie wird gegen Mit-tag operiert, vielleicht muss ich heute Abend noch ein-mal zu ihr. Sie ist mit dem Kopf auf dem Bordstein aufgekommen. Ich habe kein gutes Gefühl …« Die Worte sprudelten nur so zwischen Beas Lippen hervor. David spannte seine Halsmuskeln an, bekam auf einmal zwei Doppelkinne und hielt kurz den Atem an. Es schien wie der Ansatz zu einem schrillen Schrei. Doch es kam kein Ton. Nur seine Hände sprachen, kneteten ins Leere.

»Und Ihr Mann? Geht es ihm besser? Hat David nicht gestört?«, erkundigte sich Bea, während sie ihre Finger in die ihres Sohnes flocht.

Alice nahm eine Hand des Jungen und eine von sei-ner Mutter, hielt sie fest und beruhigte so das sich vor ihren Augen windende Schlangenknäuel.

»Ganz und gar nicht. Er war sogar sehr lieb«, sagte sie. Sie schaute David direkt in die Augen und spürte, wie sich seine Finger in ihrer linken Hand entspannten.

»Herr Jules hat gewonnen«, sagte er zu seiner Mutter.

»Das ist schön, dann ist er gottlob nicht zu krank zum Nachdenken.«

Bea zog ihre Hand zurück.

»Komm, David, wir gehen jetzt, sag brav Danke schön. Hast du Herrn Jules schon Auf Wiedersehen gesagt?«, fügte sie der Form halber noch hinzu. Sie wusste, dass sich ihr Sohn nicht um Förmlichkeiten kümmerte.

»Liegt Ihr Mann im Bett? Hat er Fieber?«, fragte sie. Die Tropfen rannen aus ihrem dunklen Haar, als sie ihren Kopf abrupt in Alices Richtung drehte.

»Nein«, antwortete Alice, »er sitzt drinnen auf dem Sofa. Ich habe ihm eine Decke über die Knie gelegt. Ich verwöhne ihn heute mal ein bisschen.«

David schaute sie an. Aus seinem Gesicht war nichts abzulesen, und doch wusste sie, dass er ihr Verbündeter war.

»Ich will alleine Aufzug fahren«, sagte er zu seiner Mutter. Und zur Sicherheit wiederholte er es noch einmal. Laut und deutlich.

»Ist ja gut. Ich bin gleich unten. Danke, Frau Alice, und Ihrem Mann gute Besserung.«

Bea rauschte die drei Etagen hinunter, um ihren Sohn in Empfang zu nehmen.

Während David neben Alice stand und darauf wartete, dass der Aufzug kam, sagte er mit unverhohlenem Triumph:

»Herr Jules hat gewonnen.«

»Und ob«, bestätigte Alice.


»Ich sterbe vor Hunger, Jules«, sagte sie und kicherte wegen der Zweideutigkeit. In der Küche prüfte sie zwischen Daumen und Zeigefinger, ob die Kartoffeln abgekühlt waren. Doch sie in einem ordentlichen Stück Butter zu braten, dazu hatte sie keine Lust mehr. Sie schnitt die Kartoffeln kalt in Scheiben, eine blasse Felsformation neben den Krabben. Dann setzte sie sich in den Ledersessel, den Teller auf dem Schoß, und schlang alles in wenigen Minuten in sich hinein.

»Lecker«, schmatzte sie mit von Mayonnaise verklebten Mundwinkeln. Sie hatte das Bedürfnis, Jules auf die Palme zu bringen, sich wie ein Urmensch zu benehmen. Hatte sie nicht eine ganze Ehe lang ordentlich am Tisch gesessen, mit Messer und Gabel gegessen und sich mit einer Serviette – wochentags aus Papier, an Sonn- und Feiertagen aus Leinen – Kinn und Mund abgetupft?

Den Wein hatte sie vergessen. Nach ihrer Mahlzeit, die keine fünf Minuten gedauert hatte, schenkte sie zwei goldumrandete Gläser ein und stellte eines vor Jules hin.

»Auf dein Wohl, Jules«, sagte sie, während sie das Glas in seine Richtung erhob. »Auf alles, was wir zusammen erlebt haben.«

Sie trank das Glas bis auf den letzten Schluck aus, als wäre es Wasser, tauschte es dann mit seinem und kippte auch das hinunter. Dann begann sie unbändig zu weinen.

»Ach, Jules«, jammerte sie. »Warum tust du mir das an? So war das doch nicht ausgemacht?«

Mit einem Ruck zog sie ihm die Decke weg und kroch dicht an ihn heran. Sie hoffte, sich etwas aufzuwärmen, indem sie die Decke auf ihrer Seite gut einschlug, doch nach wenigen Minuten war sie fast genauso kalt geworden wie er.

»Das ist ja ansteckend«, bibberte sie.

Vom Wein hatte sie wackelige Beine bekommen. Sie musste ein Nickerchen machen und wieder warm werden, bevor sie sich mit der Illustrierten zu ihm setzen würde. Im Badezimmer ließ sie den Hahn laufen, bis das Wasser heiß war und dampfte und sie sich eine Wärmflasche füllen konnte. Anschließend legte sie sich aufs Sofa, mit einem Kissen zwischen ihrem Hinterkopf und Jules' eisigen Oberschenkeln. Die Gummiflasche, aus der sie vorsichtig die überschüssige Luft herausgedrückt hatte, lag auf ihr wie ein Extrabauch. Schlaffes auf Schlaffem. Sie wurde vom Schlaf übermannt und träumte, dass sie einen Schrank durchs Zimmer schob. Die schwerfälligen Füße scharrten übers Parkett. Jules beschimpfte sie und fuchtelte heftig mit den Armen herum. Als sie wach wurde und ihren ausgetrockneten Mund schloss, hörte das Geräusch sofort auf. Und Jules war noch immer tot.

Aus ihrer Liegeposition heraus sah sie sein Doppelkinn. Die fleischigen Lagen schienen gefroren und bildeten eine Einheit mit dem Kragen seines blauen Hemdes, wie aus Stein gehauen und anschließend nachgefärbt. Die Haare, die wie zwei feine Pinselchen aus seinen Nasenlöchern schauten, stimmten sie zärtlich.

»Ich wusste es, Jules«, fiel sie mit der Tür ins Haus. Sie blieb so ruhig wie möglich liegen, um eine Sturmflut in der Wärme, die sie umgab, zu vermeiden. »Ich wusste, dass du etwas mit Olga hattest, vielleicht noch, bevor du es selbst gewusst hast. Eine Frau spürt so etwas. Sie weiß, schmeckt und riecht es. Fremdgehen klebt an einem Mann, an seiner Haut und in seiner Kleidung, an seinen Worten und seinem achtlosen Schweigen. Doch du hast nicht gewusst, dass ich es wusste. Daran hat sich auch nichts geändert, als wir gemeinsam in den Urlaub fuhren. Wir beide in Italien, wo wir uns alle Zeit füreinander nehmen und noch einmal von vorn beginnen wollten nach all meinem Argwohn und meinen Verdächtigungen. Du hast dein Bestes getan, das muss ich dir lassen. Du hast Sachen gemacht, die du sonst nie gemacht hättest, und damit meine ich nicht unsere Siestas in dem breiten Bett, während draußen die Vespas vorbeiknatterten. Wir haben einander neu entdeckt. Ich habe dir geglaubt, als du sagtest, dass du verliebt in sie warst, dass man Liebe und Verlangen aber unterdrücken könne. Genau wie Hunger oder Durst. Trotzdem wusste ich, dass du auch gelogen hast, wenn es auch nur ganz kleine und ganz billige Lügen waren. Wir haben zehn Ansichtskarten und zwölf Briefmarken gekauft. *Francobolli.* Ich wusste, dass du mich mit diesen beiden zusätzlichen Briefmarken betrogen hast. Dass du ihr in gestohlenen Momenten geschrieben hast. Am antiken Tisch am Fenster, während ich noch in der Wanne auf Löwenfüßen unser vorheriges Beisammensein genoss. Oder in einem Straßencafé, als du kurz allein durch die Stadt schlendern wolltest, um ein Souvenir für mich zu kaufen. Einen Seidenschal mit gertenschlanken Bäumen in einer pastellgrünen Landschaft. Ich habe ihn immer noch. Nachher werde ich ihn suchen gehen. Vielleicht trage ich ihn auf deiner Beerdigung. Seide passt zu allen Gelegenheiten.«

Manche ihrer Worte unterbrachen die Stille. Andere bildeten sich im Mund und blieben unausgesprochen. Es war sowieso egal. Sie wusste, dass Jules sie schon verstand. Sie machte eine Pause und öffnete die Augen, als erwartete sie seinen Protest.

»Ein schöner Farbtupfer zu meinem grauen Wintermantel«, beruhigte sie ihn. »Ich muss doch nicht ganz in Schwarz? Ich trage meinen italienischen Schal, basta.«

›Deine Kleidung ist deine Sache‹, hatte er all die Jahre über gerufen, wenn er eine Rocklänge, einen Stoff oder eine Farbe hatte absegnen sollen. Wenn sie jedoch kokett eine Neuanschaffung präsentiert hatte oder ein aus der Mode geratenes Kleid, dem sie mit einer Anstecknadel oder einem kleinen Kragen neues Leben eingehaucht hatte, war es nie richtig gewesen: zu gelb, zu jung, zu schwer, zu aufreizend. Sie würde sich daran gewöhnen müssen, dass sie ihn nie wieder nach seiner Meinung zu fragen brauchte. In Zukunft würde sie machen, was sie wollte. Dieser Gedanke trieb ihr erneut Tränen in die Augen.

»Ich steh auf, Jules«, fuhr sie fort, richtete sich auf und schob die Decke beiseite. »Jetzt zeige ich dir endlich die Beweisstücke.«

Sie nahm die Zeitschrift und strich mit der Handfläche über die glänzend schwarze Oberfläche. Kurz und heftig stieg ihre Wut auf, wie Sodbrennen. Sie wedelte mit dem zusammengerollten Magazin vor Jules' Gesicht herum, wodurch sich sein Haar wieder sanft hin und her bewegte. Das beruhigte sie sofort.

»Ich habe den Abdruck deines Briefes an Olga gelesen«, sagte sie. Dreißig Jahre hatte es ihr auf der Zunge gelegen, jetzt war es heraus.

47

»Erinnerst du dich noch, dass du für unseren Urlaub einen neuen Fotoapparat gekauft hattest?«, fragte sie.

Ihre alte Agfa-Box hatte in diesem bewegten Jahr während der Feiertage den Geist aufgegeben. Sie waren alle doppelt und bunt durcheinandergewürfelt auf den Familienfotos zu sehen, die Haut des einen hatte sich über die des anderen geschoben, sie hatten sich in ihrer Kleidung verheddert, sich hinter Engelshaar versteckt. Ihre mageren Jahre waren vorbei: Jules hatte eine Minolta gekauft.

»Die Zeitschrift gebe ich dir mit«, sagte Alice.

Sie sah ihre feuchten Fingerabdrücke auf dem schwarzen Glanzpapier. »Ich weiß noch, wie sie auf dem Schreibtisch am Fenster in unserem italienischen Hotelzimmer lag, Jules«, fuhr sie fort. »Und dann warst du im Badezimmer. Es wurde Abend, und ich hörte das Brummen deines Rasierapparats. Ich war schon im Nachthemd. Zu nackt, doch dagegen hattest du damals nichts einzuwenden, glaube ich. Ich knipste das Nachttischlämpchen an, und im gelblichen Schein, der auf das Schwarz fiel, sah ich die Abdrücke von Buchstaben. Deine Handschrift, die erkenne ich aus tausenden wieder. Wenn ich das Licht im richtigen Winkel auf das Papier fallen ließ, konnte ich ganze Absätze entziffern. So fest hattest du aufgedrückt: Olga, Olga, Olga. Gleich auf den ersten Blick sprang mir ihr Name mindestens dreimal ins Auge. Das große O, offen und obszön, stach auf dem Papier besonders hervor. Ich las, dass du auch mit ihr in den Urlaub fahren wolltest. Das würde ein Fest. Und niemand würde davon wissen. Wie sehr du sie doch liebtest, mehr, als du jemals jemanden geliebt hattest. Es stand da, ich brauchte nur das Heft unter der Lampe tanzen zu lassen, um deinen Betrug mit eigenen Augen zu sehen.

An diesem Abend sind wir nicht in die Oper gegangen. Noch bevor du in deinem schwarzen Anzug aus dem Badezimmer kamst, glühte ich vor Fieber. Umgeben von deinem Geruch aus Badeschaum und Aftershave, saß ich im Nachthemd vor der Kloschüssel und würgte. Schweißperlen standen mir auf der Lippe und auf der Kopfhaut, als ich wieder im Bett lag. Du hast dann, dein strahlend weißes Hemd umhüllte dich wie eine Leuchtbake, einen Arzt ins Zimmer gelassen, der seinem italienischen Monolog mit einer beherzten Spritze in meinen Hintern Nachdruck verlieh. Einen Tag und eine Nacht habe ich durchgeschlafen. So lange brauchte ich, um die Erniedrigung und den Herzschmerz bis in meine tiefsten Schichten wegsickern zu lassen. Ich wollte dich nicht verlieren, Jules. Du warst meine bessere Hälfte. Ich hätte mich selbst verleugnet, wenn ich dich damals hätte gehen lassen.

Was der Arzt gesagt hat, haben wir nie herausgefunden. Und du hast behauptet, es käme vom Olivenöl. Das konntest du damals noch als Alibi für jede Urlaubskrankheit benutzen.«

Alice zog die Schultern hoch.

»Olivenöl!«, wiederholte sie abfällig. Sie knipste die Schirmlampe an, hielt die Zeitschrift unters Licht. Ihr Herz schlug heftig. Jules' Leidenschaft war über die Jahre hinweg bestens bewahrt geblieben. Sie setzte sich die Brille auf die Nasenspitze, kniff die Augen halb zu und sah die Os von Olga wieder aufblitzen wie perfekte Kreise in dem Wirrwarr der Buchstaben. Sie konnte den Satz noch lesen, wo er versprach, mit ihr in den Urlaub zu fahren. Oder hatte er sich ihr eher ins Gedächtnis als in das schwarze Papier eingegraben?

»Aber du bist nicht mit ihr im Urlaub gewesen«, sagte sie boshaft, »und dafür habe ich gesorgt.«

Nach ihrem Toskanaurlaub hatte sie ihre Tage damit verbracht, Jules zu belauern, zu beschnüffeln und zu ertappen. Bei jedem Telefonat meinte sie einen verdächtigen Unterton herauszuhören. Ein angegrautes Haar auf seiner Schulter wurde unter ihrem lodernden Blick pechschwarz. Im Bett wandte sie sich nahezu angewidert von seinem Körper ab, weil sie genau wusste, dass er nicht mehr ihr allein gehörte. Aber wenn sie sich im tiefsten Dunkel der Nacht nach der Vergessenheit des Schlafs sehnte, neidisch auf seinen regelmäßigen Atem, packte sie das Verlangen, ihn zu besitzen. Sie verführte und bestieg ihn, zwang ihn, sie zu lieben und ihren Schmerz zu schüren. Nie verweigerte er ihr, worum sie bat. Jules hatte genug Leidenschaft, um den Hunger zweier Frauen zu stillen.

»Was die Liebe anbelangt, waren das unsere besten Jahre, Jules«, überlegte sie.

Sie rollte die Zeitschrift zusammen und gab ihm damit einen spielerischen Klaps auf die Brust. Es klang hohl. Sie schloss die Augen und konzentrierte sich auf das wiegende Gefühl in ihrem Unterleib. War es nicht eigenartig, dass ihre Liebe zu ihm ausgerechnet in dem Moment erwacht war, als er gerade drauf und dran gewesen war, sie zu verlassen? Und jetzt, da er sie wirklich verlassen hatte, flackerte die Zärtlichkeit auf. Ein Gefühl der Verbundenheit, das sie nicht beklemmte.

»Ich werde dich vermissen, Jules«, sagte sie. »Alles wird jetzt anders. Trotzdem fällt es mir leichter, dich an den Tod abzutreten als an das Leben. Ich sehe dich lieber an der Hand eines durchscheinenden Engels aus meinem Leben verschwinden als an der Hand einer Frau aus Fleisch und Blut.«


Wenn er gekonnt hätte, hätte er sie jetzt ausgelacht. Ein Engel! Frauenromantik! Jules glaubte an den Mann mit der Sense, in schwarzer Kutte, die Henkersmütze tief im Gesicht. Doch Alice konnte sich beim besten Willen nicht vorstellen, wie Freund Hein dort mit einem Grinsen im steinernen Gesicht neben ihrem Mann auf dem Sofa säße. Jules' Körper war vielleicht versteinert und kalt geworden, er sah so verletzbar aus, wie sie ihn nie gesehen hatte, als er noch lebendig und wohlauf gewesen war. Es kostete sie jedoch keine Mühe, einen Engel neben ihm zu sehen, mit geschmeidigen Flügeln und einem Gesicht, das sowohl das eines Mannes als auch das einer Frau sein konnte.

»Wie dem auch sei, Jules«, sagte sie. Plötzlich hatte sie es eilig, das Thema ein für alle Mal abzuschließen. »Deine Ferien mit Olga haben nie stattgefunden, dafür habe ich gesorgt. Eine kurze Geschäftsreise, ein Kongress ... was für eine billige Ausrede. Von einem Mann wie dir hatte ich schon etwas Originelleres erwartet. Bankangestellte fahren nicht zu Kongressen nach London, auch nicht, wenn sie für eine englische Bank arbeiten. Die bekommen höchstens einen Fortbildungskurs von morgens zehn bis mittags vier, in der Pause belegte Brötchen und zum Abschluss einen Umtrunk in der Betriebskantine. Ich brauchte nur deinen Chef anzurufen, um zu wissen, dass du gelogen hast. Er hat es dir gegenüber mit keinem Wort erwähnt. Aber vergessen hat er es nie, das habe ich an seinem mitwissenden Blick auf dem Empfang zu deinem zwanzigjährigen Dienstjubiläum gemerkt. Ich weiß noch genau, was er gesagt hat. ›Ein Fels in der Brandung, ein Mann, der zu seinem Wort steht ...‹, dann sah er kurz von dir weg und wandte den Blick mir zu. Olga habe ich auch angerufen, auf ihrer Arbeit. Das hatte ich zumindest vor. Ich war mir sehr wohl darüber im Klaren, dass ich damit vielleicht mein eigenes Todesurteil unterzeichnete. Wenn ich offen zugab, dass ich Bescheid wusste, was sollte euch dann noch daran hindern, gemeinsam durchzubrennen? Zusammen ein neues Leben anzufangen? Doch ich hatte Glück. Als ich nach Frau Javurkova von der Importabteilung fragte, sagte die Telefonistin: ›Sie meinen Frau Van den Eerenbeemt?‹ Das war also anscheinend der Name ihres Mannes.

Ich habe sofort aufgelegt. Laut Telefonbuch wohnte nur ein Van den Eerenbeemt in dem Kaff, wo sich Olgas Hof befand. Es war so lächerlich einfach. Ich habe ihren Mann angerufen und gesagt, ich sei die Frau des Mannes, mit dem Olga ein Verhältnis hat. Und ich habe ihm vorhergesagt, dass sie ihm in Kürze etwas von einer Geschäftsreise erzählen würde.«

Sie hielt Ausschau nach einer Reaktion auf Jules' Gesicht, als erwartete sie, dass er einen Wutanfall bekäme. Vielleicht auch einen Lachanfall, nach all den Jahren. Hatten sich seine Lider gesenkt, war sein Blick mehr nach innen gekehrt als heute Morgen?

»Am nächsten Tag bist du mit der Nachricht nach Hause gekommen, dein Kongress würde nicht stattfinden. Du warst wochenlang ungenießbar, Jules, aber ich habe das ausgehalten, weil ich wusste, dass es mit Olga und dir vorbei war. Du hast dich von mir abgewandt. Du hast im Schlaf mit den Zähnen geknirscht. Du hast damals Herman sogar eine Ohrfeige gegeben wegen einer Bagatelle. Das war das einzige Mal, dass du deinen Sohn geschlagen hast, und er war schon fast erwachsen. Ich habe ihn beruhigt. Am Fußende seines Bettes sitzend, in dem Herman vor Demütigung schluchzte, habe ich gesagt, er müsse dir das verzeihen. Du hättest es schwer und seist nicht ganz bei dir. Allmählich wurde ihm klar, dass sein Vater auch ein Mensch aus Fleisch und Blut war. Ich habe Herman gesagt, auch Männer dürften weinen. Und wenn sie das nicht könnten, dürften sie gegebenenfalls auch mal zuschlagen.«

Ihr Mund war trocken. Bevor sie jedoch in die Küche ging, um Tee zu machen, schlang sie die Arme um Jules und drückte ihm einen Kuss auf die eiskalten Lippen.

»Sei mir bitte nicht böse«, sagte sie. »Ich bin so froh, dass ich's endlich gesagt habe.«

Sie wärmte sich die Hände an der großen Teetasse. ›Mama‹ stand da in roten Buchstaben auf weißer Keramik. Das Exemplar mit ›Papa‹ würde nun für immer im Schrank bleiben.

Es war ein scheußliches, aber gut gemeintes Weihnachtsgeschenk von Herman aus seinen Teenagerjahren, das sie jahrelang wohl verwahrt hatte und das ganz geblieben war. Alice kam sich immer ein wenig lächerlich vor, wenn sie daraus tranken. Trotzdem taten sie es ab und zu, ihrem einzigen Sohn zu Ehren.

Sie setzte sich Jules gegenüber. Die Kühle der Tischplatte konnte sie durch den Wollrock spüren. Es war jedoch eine andere Art von Kühle als die der weißen Aura, die jetzt Jules' Gestalt umgab. Er war ein unbeweglicher Eisklotz, ein gefrorenes Feuer mit einem Schneecape um die Schultern. Alice schnupperte, den Kopf zurückgelehnt. Roch sie schon etwas? Oder war das die Angst, Zeugin der Vergänglichkeit seines vertrauten Körpers zu werden? Der schwere Duft eines benutzten, zerwühlten Bettes, die vertrauten Körpergerüche, die aus dem Wäschekorb kamen, stiegen ihr in die Nase. Sie war sich nicht sicher, was es war: eine Erinnerung, der Drang zu leben oder die Wirklichkeit.

Sie musste etwas unternehmen. Den Gedanken an fremde Leute jedoch, die mit allerlei Geschäftigkeiten in ihre Intimität eindringen würden, konnte sie nicht ertragen. Sie würden sie besänftigen und trösten, ihr vielleicht eine Beruhigungspille geben. Obwohl sie sich ganz ruhig und friedlich fühlte. Ihr Verstand war wach, die Erinnerungen sprangen unerwartet, wie Teufelchen aus einer Schachtel, hervor. Alle würden auf sie einreden, und sie könnte nicht mehr hören, wie all ihre Gedanken langsam in Jules hineinströmten. Nur noch ein Weilchen, beschwor sie sich selbst, nur noch ein Weilchen.

Sie setzte sich selbst eine Frist. Am frühen Abend rufe ich Herman an. Dann ist er von der Arbeit zurück, und Aimée ist bei ihm und kann ihn hierherfahren. Ein

Mann sollte nicht mitten auf einer Sitzung erfahren, dass sein Vater tot ist, ein Mann sollte nicht am Steuer sitzen, wenn er gerade gehört hat, dass er nicht länger ein Kind mit zwei Elternteilen ist.

Draußen begann es zu dämmern. Am liebsten hätte Alice die Zeit angehalten. Jetzt gemeinsam mit Jules zu Eis gefrieren. Gemeinsam mit ihm das Tageslicht löschen.

Die Mama-Tasse war in ihren Händen kalt geworden. Sie hätte schwören können, dass Jules' Bart gewachsen war. Ein dunkler Schatten war ihm unbemerkt über Kinn, Hals und Schläfen gekrochen. Der Tod hatte sein Alter weggewischt. Er ähnelte ihrem Vater, als er jung war, und aus dem Bild ihres Vaters wuchs die Gestalt ihres Sohnes hervor. Wie er so dasaß, hier und doch nicht hier, verkörperte er alle geliebten und gehassten Männer ihres Lebens. Alice blieb unbeweglich sitzen, bis die Dunkelheit hereingebrochen war.

Sie befand sich in der Grauzone zwischen Wachen und Schlafen. Die Zeit nahm ihren eigenen Lauf. Bis Alice plötzlich meinte, sie müsse aufstehen, zum Telefon greifen und ihren Sohn anrufen. Doch in dem kurzen Augenblick des Zögerns, während sie ihre steifen Knie massierte, kam sie wieder mit Jules ins Gespräch. Und so ging der Moment vorüber.

»Ich graule mich so davor, Herman anzurufen, Jules«, sagte sie.

Sie ging durchs Zimmer, knipste die Stehlampe an. Draußen sah sie die Straßenbeleuchtung anspringen. Das Licht brachte neues Leben in ihre Zweisamkeit.

»Ich weiß, was dann passiert. Er ist gerade von der Arbeit zurück, müde, vielleicht trinkt er etwas mit Aimée, oder sie kochen gemeinsam. Und dann verderbe ich ihnen mit meiner Nachricht das Essen. Dass sie gemeinsam kochen, darum habe ich sie übrigens immer beneidet. Du bist bis gestern immer deinen Prinzipien treu geblieben: Kochen ist Frauensache. Dass du nach der Pensionierung angefangen hast, morgens Kaffee zu machen, war schon eine Glanzleistung.«

Sie war es gewohnt, ihre Kritik in vorsichtige Neckereien zu verpacken. Heute jedoch würde sie zweifellos das letzte Wort behalten.

»Es würde mir viel leichter fallen, einer Tochter zu sagen, dass ihr Vater tot ist, als einem Sohn«, überlegte sie. »Frauen sind so einer Sache eher gewachsen. Ich weiß jetzt schon, dass ich mir in nächster Zeit mehr Sorgen um Herman als um mich selbst machen werde. Eine Tochter … Wenn das damals, in Paris, eine Tochter gewesen wäre, wäre sie jetzt zweiundfünfzig. Stell dir einmal vor, Jules, wir hätten eine Frau im mittleren Alter zur Tochter. Eine Frau mit Hitzewallungen und grauen Schläfen, die damit kämpft, dass sie in die Breite geht und ihre Brüste immer mehr hängen …«

Ein Lachen brach aus ihr heraus und bahnte sich einen

Weg durch das Netz aus Fältchen in ihrem Gesicht. Die verlorene Tochter, falls es denn kein Sohn gewesen war, war in ihrer Erinnerung immer ein kleines Mädchen geblieben, in einem schwungvollen Kleidchen und mit schwarzen Lackschuhen. Es hatte nie geblutet, nie Schmerzen gehabt, nie Krähenfüße bekommen. Dann und wann tanzte das Kind wie eine fröhliche Geistererscheinung durch Alices Erinnerungen, vor allem, wenn sie Edith Piaf singen hörte. Sie hatte sich ihre unbekannte Tochter nach ihren Vorstellungen geformt und sie sich ausgemalt, ein Püppchen aus einem Buch von Rie Cramer zum Vorbild.

Das nie geborene Kind hatte sie nur ein paar Minuten gesehen. Ein Blutklumpen im Bidet eines Pariser Hotelzimmers. Wie privilegiert sie sich vorgekommen war, eine ganze Flitterwoche in der Lichterstadt Paris verbringen zu können. Es war ihre erste Reise ins Ausland gewesen.

Jules wurde damals ab und zu von seiner Bank dorthin geschickt, um in einer Zweigstelle in Paris Ordnung zu schaffen. Zwei Wochen nach ihrer Hochzeit hatten sie das Nützliche mit dem Angenehmen verbinden können und die Süße ihres *honeymoon* genossen. Alice war es ganz schwindelig geworden von den vielen mondänen Eindrücken: Geschäfte, Restaurants, elegante Ober, Clochards, der Eiffelturm. Drinnen, innerhalb der vier

Wände des billigen Hotelzimmers, hatte sie die Liebe kennengelernt. Die Finessen, denn mit den Grundbegriffen hatten sie entgegen aller damaligen Sitten und Gebräuche schon zu Hause experimentiert. Auch wenn Alice nicht behaupten konnte, die Schäferstündchen am Sonntagnachmittag in ihrem Mädchenbett hätten ihr viel gegeben. Wenn ihr das Herz bis zum Hals geschlagen und die Röte sich bis weit unter die Bettdecke ausgebreitet hatte, dann aus purer Angst, ihre Eltern könnten früher nach Hause kommen.

In Paris war das anders gewesen. Dort hatte sie sich frei gefühlt, konnte sie sich völlig gehen lassen in dem harten Hotelbett, das rhythmisch unter ihren Körpern ächzte und quietschte, als machte es selbst Liebe. Sie hatte es spannend gefunden, andere Hotelgäste ganz nah an ihrer Tür vorbeigehen zu hören. Fetzen französischer Gespräche, Gepolter, Gekicher … die Hintergrundgeräusche hatten sich mit denen des Bettes zu einem heiteren Klang- und Lichtspiel vermischt.

Für den Abend vor ihrer Abreise hatten sie sich ein Musical vorgenommen. Im Vorprogramm sang eine damals noch unbekannte Sängerin: Edith Piaf.

»Gut hast du ausgesehen, Jules. Du hattest Brillantine im Haar und ein schneeweißes Hemd an. Ich weiß noch genau, wie du gerochen hast, als ich dir mit dem Knopf deines lockeren Stehkragens half, meine Nase dicht an deinem Hals. Wie ein Mann, der nicht mehr warten musste, nicht mehr auf der Hut sein musste wie ein Schuljunge. Ich trug ein Abendkleid aus blauem Moiré, das mir meine Tante geliehen hatte. Das festlichste Stück in meiner Garderobe war nämlich eine weiße Bluse mit Pikeekragen, und fürs Pariser Nachtleben war das zweifellos zu wenig Eleganz. Weißt du noch?«

Alice konnte sich noch ganz genau erinnern, wie sich der Stoff in ihren Händen angefühlt hatte. Wie die eng anliegende Haut eines Fisches, allerdings in einer warmen Ausführung. Dunkle und helle Schatten falteten sich um jede Bewegung ihres Körpers.

»Schon am Mittag habe ich mich nicht wohlgefühlt«, sagte sie mit dünner Stimme. »Ich hatte Bauchschmerzen. Ich nahm an, all das *faire l'amour* würde nun seinen Tribut fordern. Oder bekam ich meine Tage, die ersten als verheiratete Frau?

Es wäre das erste Mal, dass ich in deinem Beisein mit Binden und Krämpfen herumlavieren müsste. Plötzlich wurde mir schrecklich kalt, trotzdem stieg ich aus meinem Kleid, um es nicht zu verknittern. Ich wollte mich nur kurz aufs Bett legen, da spürte ich plötzlich diese warme Feuchtigkeit zusammen mit einem stechenden Schmerz. Blut und ein Messerstich. Wir mussten für den verschmutzten Bettüberwurf auch noch bezahlen, das machte uns einen Strich durch die Rechnung. Ich hätte dich bitten sollen, ihn im Waschbecken in kaltem Wasser einzuweichen. Du hast mir aufs Bidet geholfen,

Jules, und ich schämte mich, dort so ungeschützt zu sitzen, während etwas Glitschiges aus meinem Körper herausglitt. Als der Arzt kam, den die Empfangsdame des Hotels angerufen hatte, lag es noch immer hellrot auf dem weißen Porzellan des Bidets, winzig wie eine Hühnerleber.

›Eine Fehlgeburt in einem sehr frühen Stadium‹, sagte der Arzt mit einem Kennerblick. Dass ich schwanger gewesen war, sogar schwanger geheiratet hatte, wurde mir erst viel später bewusst. Ich machte mir in erster Linie Sorgen wegen des verschmutzten Überwurfs und des blutigen Häufleins, das sich nicht durch den Abfluss spülen ließ. Du hast es mit einer Zeitung aufgelesen und in die *poubelle* geworfen. Unser erstes Kind wurde in *Le Soir Illustré* begraben. Wir haben es mit unserer Verschwörung zugedeckt, niemand hat je davon erfahren. Nie mussten wir über einen zu früh geborenen Erstling lügen. Aber wir haben auch untereinander nie mehr darüber gesprochen, und ich frage mich, ob auch du manchmal vor deinem geistigen Auge ein lockiges Prinzesschen oder einen kleinen Fußballer mit kaputten Knien gesehen hast.«

Alice würde es nie erfahren.

»Das ist zumindest ein Geheimnis zwischen uns, das du mit ins Grab nimmst«, sagte sie. »Noch dazu ein Besseres als das mit Olga. Auch wenn sich beide in einem

Hotelzimmer abspielten mit einem ortsansässigen Arzt in der Nebenrolle.«

Kurz schweiften ihre Gedanken ab, zu Geheimnissen in Hotelzimmern. Es musste Zufall sein. Sie öffnete eine Schublade des Wandschranks und ließ die Finger über die Kassettenbänder wandern, die dort ordentlich aufgereiht waren. ›*Je ne regrette rien*‹ usw., *Edith Piaf*, stand da in Jules' Handschrift.

An diesem Abend waren sie nicht mehr in den Nachtklub gegangen. Sie hatten die junge Edith Piaf nicht mehr gehört. Auf Anraten des Arztes war Alice eine Nacht lang flach auf dem Rücken liegen geblieben, Jules ganz dicht bei sich. Sie erinnerte sich an seine totenstille Hand auf ihrem leeren Bauch. Über seine reglosen Fingerspitzen war langsam die Erkenntnis in sie hineingesickert: Sie hatte ein Kind verloren, ohne überhaupt gewusst zu haben, dass sich eines in ihr eingenistet hatte. In dieser Nacht hatten sie nicht miteinander gesprochen, kein Wort miteinander gewechselt. Als am nächsten Morgen der Plastikeimer geleert wurde und ihre Koffer aus Karton bereitstanden, hatte das Vergessen bereits eingesetzt.

Sie würde etwas Musik auflegen, sich bei Jules anschmiegen. Unwillkürlich versuchte sie, seine Hand von seinem Knie zu lösen. Was hätte sie nicht alles darum gegeben, seine Wärme noch einmal genau dort spüren zu können, wo sie all die Jahre die Erinnerung an ihr gemeinsames Pariser Kind bewahrt hatte. Doch seine Hand war kalt und unbeweglich, nicht mehr imstande zu streicheln.

Sie musste Herman anrufen. Jetzt gleich. Sie durfte es nicht länger aufschieben.

Da klingelte das Telefon. Das unerwartete Geräusch durchdrang sie bis ins Zahnfleisch. Viermal ließ sie es klingeln. Als sie den Hörer abnahm, pflanzte sie ihre Füße fest auf den Boden. Sie hörte das Atmen, tief und gehetzt, noch bevor die Stimme in ihr Ohr drang.

»Frau Alice«, sagte Bea, »ich falle gleich mit der Tür ins Haus. Meiner Mutter geht es nicht gut. Es war alles viel schlimmer, als sie zunächst dachten. Innere Prellungen, Komplikationen …«

Der Wortstrom brach kurz ab, gedämpftes Schnäuzen. Fast hätte Alice die Pause genutzt, um den Hörer auf die Gabel zurückzulegen. Sie hatte genug mit ihren eigenen inneren Prellungen zu kämpfen. Bea fasste sich jedoch wieder und fuhr fort.

»Frau Alice, Sie wissen, dass ich Ihre Güte niemals ausnutzen würde, vor allem jetzt, wo Herr Jules nicht ganz auf dem Damm ist. Aber ich weiß wirklich nicht, was ich mit David machen soll. Und ich muss zu meiner Mutter. Ich muss einfach! Am Ende läuft es schief, und ich habe sie nicht mehr sehen können. Aber ich traue mich nicht, David mitzunehmen. Ich kann ihn natürlich im Krankenhaus in den Gang setzen und ihm einschärfen, dass er warten soll. Aber er ist so unberechenbar, erst recht in einer fremden Umgebung. Abends ganz besonders. Davon abgesehen wäre ich gern mit meiner Mutter ein paar Minuten allein …«

Bea hielt ihre Tränen jetzt nicht mehr zurück. Alice hatte ihre Worte nicht wirklich wahrgenommen. Die Bitte aber, die sich dahinter verbarg, hatte sie längst verstanden. Was sollte sie sagen? Dass es gerade nicht passte? Konnte sie David wieder vor dem Schachbrett parken? Er hatte seiner Mutter doch nichts erzählt? Nein, bestimmt nicht. Sein einvernehmlicher Blick hatte sie mehr beruhigt, als ein unterschriebener Vertrag es vermocht hätte.

»Frau Alice, bitte, darf ich David schnell zu Ihnen bringen? Sie sind die Einzigen, die ich überhaupt darum bitten kann. Bei Ihnen und Herrn Jules fühlt mein Sohn sich wohl, er kam heute Morgen ganz entspannt herunter. Ich könnte einen Babysitter anrufen, aber dann habe ich keine Ruhe. Er duldet keine Eindringlinge in seinem Territorium …«

»Weiß er, dass es seiner Großmutter schlecht geht?«, hörte Alice sich fragen, obwohl ihr klar war, dass die Antwort sie nicht viel weiterbringen würde.

»Nein«, kam es zurück. »Ich muss es selbst noch richtig begreifen. Ich werde wohl morgen mit ihm darüber reden. Nicht jetzt, sonst schläft er heute Abend nicht.

Vielleicht morgen nach dem Schach. Er legt großen Wert auf seine festen Gewohnheiten und Strukturen. Auch auf gewohnte Menschen in seinem Leben. Seine Großmutter, meine Mutter … ich hoffe, sie kommt durch.«

»Setzen Sie ihn nur in den Aufzug, wir beschäftigen ihn schon ein Stündchen«, sagte Alice abrupt.

»Ich bringe ihn gleich hoch. In zehn Minuten bin ich bei Ihnen«, sagte Bea nun wieder mit ihrer üblichen Organisierstimme.

»Gut, wir erwarten ihn.«

Alice hängte den Hörer ein und richtete sich auf. Eine seltsame Gelassenheit kam über sie. Sie stiefelte zur Küche, auf der Uhr war es schon nach halb sieben.


»Ich habe vergessen zu essen, ich habe sogar vergessen, dass ich Hunger habe«, sagte sie halb zu sich selbst, halb zu Jules' Profil. »Vielleicht esse ich mit David ein paar belegte Brote.« In Gedanken machte sie eine Bestandsaufnahme des Kühlschranks.

»Ich könnte ein Omelett machen oder ein Spiegelei. Ich lass dich kurz allein, Jules. Schauen wir mal.«

Sie ging zurück in den Flur, schloss sorgsam die Tür zum Wohnzimmer und postierte sich am Eingang. Sie lugte durch den Spion in das gekachelte Niemandsland, dem sie mit einem kleinen Perserteppich vergebens eine häusliche Note hatte verleihen wollen. Sie drückte ihr

Ohr gegen das glatte Holz der Tür, und halb hörte, halb fühlte sie, dass der Fahrstuhl im Anmarsch war. Bea trug einen langen schwarzen Wintermantel, ihr Haar war unter einer schwarzen Baskenmütze versteckt. Zwischen den beiden dunklen Kleidungsstücken hing ein feuerroter Schal.

»Sie sind da, Jules«, rief Alice spontan über ihre Schulter nach drinnen.

»Ich bin Ihnen ewig dankbar«, sagte Bea. Mit sanfter Hand dirigierte sie ihren Sohn bis vor die Tür.

»So lang ist gar nicht nötig«, antwortete Alice scherzend.

»Mit Herrn Jules ist alles in Ordnung?«, fragte Bea.

Ihr Mund befand sich eine Handbreit über Davids dunklem Haar. Alice fiel auf, wie groß er schon war. Oder war Bea vielleicht klein für eine Mutter?

»Mit Herrn Jules alles in Ordnung?«, wiederholte sie, da keine Antwort kam. Davids oberste Haarschicht bewegte sich im Luftstrom ihres Atems.

»Es geht«, sagte Alice, »genauso wie heute Morgen.«

Dann sah sie, wie sich Davids Gesicht veränderte. Ein fast unmerkliches Zittern lief durch seine Züge. Wieder blitzte dieser einvernehmliche Blick in seinen Augen auf, ein Geheimzeichen unter Verschwörern.

»Komm herein, Junge«, sagte sie.

Sie musste sich beherrschen, um nicht die Hand auf seine Schulter zu legen.

»Ich rufe Sie so bald wie möglich an.«

Beas Stimme wurde von dem flüchtigen Kuss auf Davids Wange erstickt. Er schüttelte den Abdruck ihrer Lippen von sich ab, als wäre es eine Fliege.

»Ihrer Mutter gute Besserung«, sagte Alice, während Bea wieder im Aufzug verschwand. Richtig entspannen konnte sie sich aber erst, als David im Wohnungsflur stand und sie den Riegel vorgelegt hatte.

Unschlüssig schaute sie ihn an. Was sollte sie mit ihm machen? Wie sollte sie ihn unterhalten, möglicherweise für mehrere Stunden? Sie konnte den Fernseher laufen lassen. Doch es widerstrebte ihr, die Außenwelt in das Zimmer eindringen zu lassen, in dem Jules saß. Ihn von Unterhaltungsmusik, bläulichem Licht, der Alltäglichkeit einer Vorabendserie oder einer Quizshow umgeben zu wissen. Es käme einer Entkräftung seines Todes gleich.

»Hast du Lust auf eine neue Partie Schach?«, fragte sie David, der wie angewurzelt genau unter der Lampe stehen geblieben war.

»Es ist doch nicht zehn Uhr, Frau Alice.«

Es klang fast verächtlich.

Er ballte die Hände zu Fäusten und presste sie an die Nähte seiner Jeans. Ob er Angst hatte, sie würde ihn zu etwas zwingen, das nicht in sein Schema passte?

»Komm«, sagte Alice, »wir setzen uns zu Herrn Jules.

Und dann kannst du mir ja erzählen, was du machen möchtest. Ein Buch lesen vielleicht? Oder ein wenig Karten spielen? Wir können aber auch ein Puzzle aus dem Schrank holen. Ich habe welche bis zu zweitausend Stück.«

Sie öffnete die Tür zum Wohnzimmer, und ein stickiger Geruch schlug ihr entgegen. Sie schauderte. Es durfte nicht mehr lange dauern. Aus dem Badezimmer holte sie sich Jules' Aftershave-Fläschchen und steckte es in die Tasche ihrer Weste.

Wie ein kleiner Hund lief David hinter ihr her, passte seine Schritte ihren an. Er betrachtete eine ganze Weile Jules' versteinerten Körper, doch auf seinem Gesicht zeigte sich keine Spur von Angst.

»Herr Jules ist tot«, sagte Alice leise.

Sie wollte den Jungen daran erinnern und sich selbst auch.

David schlich näher heran, wedelte kurz mit seiner Hand. Als er sich wieder unter Kontrolle hatte, streichelte er mit langsamen Fingern das marmorne Gesicht. Er zog zärtliche Spuren auf Stirn und Wangen, wie zur Beschwörung.

»Herr Jules ist weg. Das ist die Hülle von Herrn Jules«, sagte er.

Alice musste wieder weinen. Sie dankte dem Himmel, dass in ihrem Wohnzimmer kein grauer Bestattungsunternehmer saß, der sich höflich räusperte und abwartete, bis sie sich wieder gefasst hatte. Dass sie ihre eigene Wehmut nicht verbergen musste, um den Kummer ihres Sohnes zu lindern. Dass ihr der Hausarzt keine Beruhigungspillen zusteckte als Pflaster auf eine Wunde, die eigentlich keine war. Sie wurde sich bewusst, wie gut es ihr an diesem weißen Tag eigentlich ging. Aus Jules war die Luft entschwunden wie aus einem Ballon, das Leben war vollständig aus ihm weggeflossen. Die Nabelschnur, die seinen alten, schwerfälligen Körper mit ihr und dem Leben verbunden hatte, war immer dünner und fransiger geworden. Jetzt war sie gerissen. Jules war im Verlauf des Tages in sie hineingeströmt. Alles, was nicht vergessen werden durfte, was sie beide in guten wie in schlechten Zeiten verbunden hatte, hatte sie in ihrem tiefsten Innern gespeichert.

Der versteinerte Körper, der auf dem Sofa saß, war Herrn Jules' Hülle. Sein weltliches Gewand, das er abgelegt hatte.

»Die Hülle von Herrn Jules«, wiederholte David. Ein breites Lächeln stand in seinem sonst so ernsten Gesicht.

Er hatte alles verstanden. Ein lebloser Mann auf einem Sofa und eine alte Frau, die dieser vollendeten Tatsache ins Auge sah, passten in sein Auffassungsvermögen. Das strahlte Sicherheit aus. Jules würde definitiv auf seinem

Platz bleiben, die Hände mit den Knien verschmolzen, die halb geschlossenen Augen auf nichts gerichtet, das Erstaunen wie ein Strich zwischen Nase und Kinn gekerbt. Sie selbst würde nicht weiter als ein paar Meter aus Davids Blickfeld verschwinden, solange er hier war. Nichts Unerwartetes würde in diesem Zimmer geschehen, in dem alles seinen Platz hatte, wie bei einem Schachspiel. Das beruhigte David. Und sie ebenfalls.

Es war für Alice ein Moment der Einsicht, der wortlosen Freude. Der Hunger nagte spürbar an ihrem Magen.

»Hast du schon gegessen, David?«, fragte sie.

Die alltägliche Frage brachte ihn einen Moment lang aus der Fassung. Er atmete schnell und hörbar, spreizte Arme und Finger, als wollte er aufsteigen. Ein Adler war er, bereit zum Flug. Dann legte er die Flügel wieder an. Alice konnte beinah die Federn rauschen hören. Er vergrub die Hände unter den Achseln, als wollte er sich selbst vor einem zweiten Versuch bewahren.

»Nein«, sagte David. »Mama hat mir heute Abend nichts zu essen gegeben. Sie hat Angst gehabt.«

»Dann essen wir beide eben etwas. Ich habe nämlich auch Hunger, jetzt, wo ich keine Angst mehr habe«, antwortete Alice.

Er lächelte. Schlaff fielen die Arme an seinem schlaksigen Körper herab. Alice beschloss, ihn nichts mehr zu fragen. Nichts übers Essen und nichts über Ängste. Sie musste ihm vollendete Tatsachen präsentieren.

»Schlampig, schlampig, schlampig«, sang er, als er in der kleinen Küche stand. Zum ersten Mal hatte er von sich aus etwas gesagt, ohne dass sie ihn vorher angesprochen hatte.

Sie musste ihm recht geben. Die Kaffeemaschine, eben noch von Jules zum Leben erweckt, kurz bevor er seinen letzten Atemzug getan hatte, stand mitten auf der Anrichte, in der Glaskanne ein letzter Rest Kaffee. Seinen unangerührten Teller hatte sie nicht abgeräumt. Die Marmelade und das Mayonnaiseglas waren offen, am Messer klebten Butterreste. Die zerknüllte Krabbenpackung verströmte einen muffigen Geruch, der sich mit dem des abgestandenen Kaffees vermischte.

»Wenn Herr Jules das sehen könnte, bekäme er einen Herzschlag«, sagte Alice, während sie anfing, Ordnung zu schaffen. Sie lachte über ihren eigenen Scherz und merkte, dass es ansteckend auf David wirkte. Wenn er sich nicht wohlfühlte, wurde er starr wie ein Roboter. Sicherheit hingegen übersetzte sein Körper in herabhängende Arme, schlaff wie die einer Stoffpuppe. Und in ein Lächeln, das ihr *Marcelino pan y vino* wieder in Erinnerung rief.

»Ich werde uns ein Ei braten«, kündigte sie an. »In Butter.«

Die Aussicht darauf ließ wieder Energie durch ihren Körper strömen. Sie überlegte, ob sie ihn fragen sollte, was er lieber mochte – Spiegelei oder Omelett. Oder sollte sie einfach das machen, worauf sie selbst Lust hatte? Sie sah, wie David die Türen des hohen Eckschranks aufzog. Fast hätte sie ihn zur Ordnung gerufen. Doch als sie seinen Blick über die gut gefüllten Böden schweifen sah, verstand sie, dass sich bei ihm zu Hause, drei Etagen tiefer, sicher der gleiche Schrank in der gleichen Ecke befand. Mit der größten Selbstverständlichkeit wählte er eine gelborangefarbene Packung aus dem Sortiment und reichte sie Alice.

»Fertig-Pfannkuchenmehl«, las sie. ›Falls einmal unerwartet Krieg ausbricht‹, hatte Jules immer über derlei Zugeständnisse gesagt.

»Hast du Lust auf Pfannkuchen?«, fragte sie.

David hörte nicht zu. Mit kerzengeradem Rücken ging er in die Hocke, steckte den Kopf zur Hälfte in einen Unterschrank und holte eine Bratpfanne hervor. Anschließend öffnete er den Kühlschrank. Mit äußerster Vorsicht stellte er eine Flasche Milch, eine angebrochene Packung Butter und zwei Eier, die sie heute Morgen offenbar übersehen hatte, neben den Gasherd. Sie setzte sich auf einen der Küchenstühle und sah Davids Blick an Schränken und Regalen entlangwandern. Sie versuchte darauf zu kommen, was noch fehlen könnte. Brauner Zucker? Ein Schneebesen? Ein Apfel und vielleicht etwas Zimt? Sie selbst gab immer einen Schuss Mineralwasser in den Rührteig, damit er locker würde.

David hob die Clivia, die schon viele Ableger gehabt hatte und so alt wie ihr Sohn war, aus dem weißen Übertopf, roch kurz daran und stellte den Topf mit einem Rums neben den Eiern ab. Eine Teigschüssel.

Die jahrelange Konditionierung sagte ihr, Jules würde in diesem spannenden Moment gleich hereinkommen und fragen, was das alles zu bedeuten habe. Ob sie verrückt geworden sei, ein Kind einfach so in ihrer Küche hantieren und Eier in einem Blumentopf verquirlen zu lassen? Aber er kam nicht. Er war bereits da, in ihr drin, wie ein Kind, das in den Leib der Mutter zurückgekehrt war. Automatisch legte Alice sich die Hand auf den Bauch. Sie klopfte Jules beschwichtigend auf die Schulter.

»Ich will zwei. Einen mit braunem Zucker und einen mit Honig«, sagte Alice zu David.

»Ich auch. Und eine Schürze«, kommandierte er.

Während Alice ihre gestreifte Schürze an seinem Rücken zuband, schlug er mit dem Geschick eines Kochs die Eier auf der Kante des Übertopfes auf. Sie spürte die Wärme seines Körpers im Gegensatz zu ihren eigenen, ausgekühlten Gliedmaßen. Sie setzte sich wieder hin. Wartete und schnupperte den Duft ein, danach fiebernd, dass sich der fade Geruch bald in allen Ecken der Küche einnisten möge. Wie konnte es möglich sein, dass sie sich derart ausgeglichen fühlte, während Jules tot im

Wohnzimmer saß und David schweigend Pfannkuchen in ihrer Küche buk? Es war möglich, das wusste sie in dem einen klaren Moment, kurz bevor sie einnickte. Sie waren aufeinander abgestimmt, taten alle drei genau das, was angesichts der Umstände getan werden musste.

Alice hatte, durch den Backdunst watend, den Tisch für sie beide gedeckt. Jules' Frühstücksteller schob sie auf ihren Platz. Sie faltete sogar Servietten und zündete eine Kerze an. Der kleine Raum war durchzogen von Backgerüchen, die in Schwaden ins Wohnzimmer trieben und Jules' Gestalt in süßen Nebel hüllten.

Die Pfannkuchen waren genau so, wie sie sein mussten: außen braun gesprenkelt, innen weich. Alice bestreute ihren mit einer knisternden Schicht aus braunem Zucker, rollte ihn zusammen und schnitt ihn stückchenweise ab. Ihre gute Kinderstube hielt ein Leben lang. David schnitt seinen mit geometrischer Präzision in Drei- und Vierecke. Mit jedem Bissen wandte sich auch sein Blick nach innen, klimperte er kurz mit seinen langen Wimpern. Die Versuchung, mit ihm ein normales Gespräch anzufangen, lag in der Luft. Wo er gelernt hatte, so perfekte Pfannkuchen zu backen? Ob er später vielleicht Koch werden wollte? Wo sein Vater war? Ob ihm klar sei, in welche Situation er nun geraten war?

Sie stellte keine der Fragen, die bei ihr aufkamen. Sie hatte die Gebrauchsanweisung für David verstanden: Er konnte immer nur eine Sache gleichzeitig. Und das tat er mit viel Hingabe, dass dabei die Welt um ihn herum versank.

Alice aß. Sie schwieg. Ab und an nickte sie dem Jungen ermutigend zu. Doch ihr Lächeln prallte an seinem Gesicht ab, das aus ebenso undurchdringlichem Marmor war wie das von Jules. Davids mahlende Kiefer, das Einzige, was sich in seinem starren, vor sich hin brütenden Gesicht bewegte, erinnerten sie an den lebenden Jules. Bei ihm war das verbissene Mahlen der Kiefer das erste Anzeichen von Wut gewesen.

Die letzten zwei Zentimeter ihres Pfannkuchens schaffte sie nicht mehr. Sie legte Messer und Gabel nebeneinander auf den Teller, sodass die Spitzen in dieselbe Richtung deuteten, und breitete ihre Serviette darüber. Davids Augen sperrten sich Unheil verkündend auf. Reflexartig nahm sie ihre Serviette, tupfte sich die Lippen, als habe sie gerade nur eine Pause eingelegt, und aß wie ein gehorsames Kind ihren Teller leer. Mit den Fingerspitzen las sie die letzten braunen Zuckerkrümel auf. Es hätte nicht viel gefehlt, und sie hätte ihren Teller abgeleckt. Der Rock saß stramm um ihre Taille, ihre Lippen schmeckten nach Fett. Sie war mehr als satt und sehnte sich nach einem Nickerchen, einem halben Stündchen des Vergessens. Am allerliebsten wäre sie sogar ins Bett gekrochen, mit dem weichen Flanell ihres Nachthemds um die Beine ins Niemandsland des Schlafs abgetaucht. An den leeren Platz neben sich dachte sie keinen Augenblick. In ihren Gedanken war Jules noch immer der vertraute Wärmespeicher in ihrem Rücken.

»Sollen wir einfach alles stehen lassen?«, schlug sie vor. Sie war müde. Doch David war schon dabei, Teller und Besteck zusammenzuräumen und alles links neben der Spüle zu stapeln. Ehe sie sich versah, steckten seine Arme bis zu den Ellbogen im Spülwasser. Sie nahm ein Geschirrtuch und stellte sich rechts neben ihn in Warteposition. »Zusammen essen, zusammen abwaschen«, hatte ihre Mutter immer gesagt.

»Die Hülle von Herrn Jules ist allein«, sagte David. Sein Blick vertrieb sie aus der Küche. Alice ließ sich das kein zweites Mal sagen. Folgsam legte sie das karierte Geschirrtuch über die Rückenlehne eines Stuhls und ging ins Wohnzimmer.

»Ich bin erschöpft, Jules«, sagte sie.

Sie hatte nicht mehr das Bedürfnis, ihm zärtlich übers Haar zu streichen oder ihm einen Kuss auf die granitartige Wange zu drücken. Konnte ein Toter zusammenschrumpfen? Seine Haut schien zu groß und hatte einen grauen Ton. Sie entdeckte sogar Schatten blauer Flecken an seinen Handgelenken. Oder kam das von dem Licht, das der Schnee reflektierte? Sie zog die Vorhänge zu, doch die Flecken blieben. Sie setzte sich neben ihn, legte ihre kleinen geäderten Hände auf seine, die groß und breit waren, mit viereckigen Nägeln und stumpfen Fingern. Kohlenschaufeln.

Er hatte die gleichen Hände wie ihr Vater, Jules waren sie jedoch nie ausgerutscht. Das musste sie zugeben. Ihr Vater hatte sie oft genug mit der Härte seines Griffs bekannt gemacht. Wer nicht hören wollte, musste eben fühlen, war seine Devise gewesen. Mit ganzer Kraft unterdrückte sie die Erinnerung an rot glühende Handabdrücke auf ihrer Wange, an die eiserne Zange seiner Finger um ihren dünnen Arm. Das Schuldgefühl überkam sie schon wieder. Jules hat es nicht verdient, dass mich seine Hände an meine unglückliche Kindheit erinnern, die ich nicht vergessen kann, dachte sie. Und auf einmal, wie ein Hamster, der aus seiner Strohhöhle kriecht, war da diese eine süße Erinnerung, die unter dem Nachhall der Schläge verborgen lag.

Alice sah es vor sich: Sie saß auf dem Gepäckträger des Fahrrads ihres Vaters. Durch eine stille, graue Straße am Sonntagmorgen strampelten sie zum Geschäft, um ein Geschenk zum Muttertag zu kaufen, der bereits angefangen hatte, aber noch nicht gefeiert worden war. Sie suchten eine schlanke Kristallvase mit azurblauen Rändern an der gestülpten Oberseite aus. Das zerbrechliche Kleinod wurde erst in Seidenpapier, dann in goldgestreiftes Geschenkpapier und zur Sicherheit schließlich in die

Sportbeilage der Sonntagszeitung gewickelt. Hinter seinem breiten Rücken sitzend, hielt Alice die Trophäe vor ihrer Brust wie ein Fahnenträger seine aufgerollte Flagge. Und dann fuhr ihr Vater durch ein Schlagloch, und sie landeten beide auf den Pflastersteinen. Die Vase war wie durch ein Wunder ganz geblieben, doch ihr rechter Fuß war während des Sturzes zwischen die Speichen des Rads geraten, die sich wie Mühlenflügel drehten. Oberhalb ihrer Sandale hatte die Haut sich zu einem Plisseeröckchen gefaltet, darunter bildete sich ein kleiner See aus Blut. Sie schrie, mehr aus Angst als vor Schmerzen. Da löste sich aus dem festen Harnisch mit Händen wie Kohleschaufeln ein sanftmütiger Vater heraus. Vollkommen ruhig tat er, was getan werden musste, eins nach dem anderen. Erst hob er die Zeitungsvase vom Boden auf und gab sie dem Friseur, der aus seinem Laden gekommen war, um nachzusehen, was das Geschepper vor seiner Tür zu bedeuten hatte. Das Rad stellte er an der Hauswand ab, und seine Tochter trug er in der warmen Mulde seiner Arme hinein. Er setzte sie auf die Ladentheke, als wäre es der Tisch in ihrem eigenen Haus, und sie sah, wie ihr verzerrtes Gesicht ihr aus allen Spiegeln gleichzeitig entgegenblickte. Ein Taschentuch mit warmem Wasser, ein Taschentuch mit kaltem Wasser, etwas Spucke – *Väterchensalbe* nannte er es –, und es hatte sich ausgelitten. Männer mit eingeseiften Gesichtern und Haaren wie nassen Pinselchen auf den Köpfen verfolgten aufmerksam die Operation. Alle lobten ihre Tapferkeit, und vom Friseur bekam sie ein Sahnebonbon, das ihr noch den ganzen Rückweg lang Freude bereitete. Doch das Schönste an der ganzen Sache war, dass sie auf dem Heimweg vorne auf Vaters Fahrrad sitzen durfte, beide Beine zur selben Seite der Stange, die von unten hart gegen ihre Oberschenkel drückte. In diesem geschützten, von Beinen und Armen begrenzten Raum atmete sie im gleichen Rhythmus wie er. Die Vase schmolz beinah in ihren Händen dahin. Und dann, sicher in ihrem Käfig aus Menschenfleisch aufgehoben, bemerkte sie die dunkelvioletten Stellen auf den Händen ihres Vaters, das schwarz verfärbte Blut auf der Schürfwunde. Keinen Mucks hatte er von sich gegeben, während er ihr Plisseehäutchen wieder glatt gestrichen und ihre Tränen getrocknet hatte. Nie hatte sie ihren Vater bedingungsloser geliebt als in diesem Augenblick. Oder noch nie so bewusst. Als sie das nächste Mal Schläge bekam, taten die weniger weh.

Alice stand auf und holte aus dem Wandschrank in der Küche die schlanke Vase hervor. David war ganz ins Abtrocknen des Bestecks vertieft und blickte nicht einmal auf.

»Schau«, sagte sie zu Jules. »Das ist sie. Später musste ich bei den blauen Rändern immer an eine Qualle denken. Übrigens auch heute noch. Als wir damals die Vase kauften, hatte ich jedoch noch nie eine Qualle gesehen. Ich erinnere mich, dass meine Mutter sich sehr darüber gefreut hat. Sie sagte, es sei ein wirtschaftliches Geschenk, weil nur ein oder zwei Blumen hineinpassten. Nach ihrem Tod habe ich die Vase mitgenommen. Ich wusste, dass sie für etwas Besonderes stand, doch ich hatte vergessen, wofür. Jetzt kommen die Erinnerungen wieder hoch, wegen deiner blauen Hände.«

Sie setzte sich in den Ledersessel, hielt die Vase fest in den Händen. Das leise Klappern in der Küche hörte sie mit immer größeren Zwischenabständen. So schlief sie ein. Es war kein richtiger, entspannter Schlaf, eher ein Eindösen, wie es sie im Auto auch oft übermannte. Der Geist ruhte kurz, das Denken wurde wie unter einer Wolldecke erstickt, aber der Körper spürte jede Unebenheit auf der Straße.

Mit einem kleinen Ruck kehrte sie wieder in die Wirklichkeit zurück. Hatte sie etwa doch richtig geschlafen? David hatte sich neben Jules gesetzt, die Hände auf den Knien und die Augen halb geschlossen. Er atmete kaum. Das Bild rührte Alice. Die leere Hülle ihres Mannes war ihr innerhalb eines Tages genauso vertraut geworden wie sein lebender, atmender Körper in den vergangenen Jahren. Der Kern seines Wesens war im Laufe des Tages in ihr aufgegangen und hatte sich wie ein Ölfleck unter ihrer Haut ausgebreitet. Er war ein Teil von ihr geworden. Kein Bestattungsunternehmer, Notar oder Pastor, der ihn noch von ihr trennen konnte. Neben ihm saß der lebendige Junge, der wie ein Schatten Jules' Körper wiedergab. Totenstill und ganz in seinem Element. Es könnte ihm nirgends besser gehen als hier, dachte Alice, in diesem Niemandsland zwischen Leben und Tod, wo die Konstellation dreier Menschen feststeht, der stickige Geruch konstant ist und die Geräusche kaum hörbar sind. Jules würde nicht unerwartet aufspringen, ich selbst bin zu nichts anderem mehr in der Lage, als zu sitzen und zu warten, und das Einzige, was ihn aus diesem eingefrorenen Tableau vivant herausreißen kann, wäre ein Anruf von seiner Mutter, der ihn schließlich in seine eigene sichere Welt zurückbringen wird. Das beruhigte Alice. Es hielt sie von banalen Gedanken darüber ab, ob sie den Fernseher einschalten oder nach einer Beschäftigung suchen sollte.

Die Zeit verstrich. Zeitlos. Alice stand auf und lugte durch die Vorhänge. Es schneite wieder. Langsam herabfallende Flocken überzogen die Außenwelt mit einer dicken Schicht Weiß. Vor ihren Augen wirbelte es. Sie sah keinen einzigen Autoscheinwerfer in den ausgestorbenen Straßen, kein Mensch, keine Bewegung holte die Welt aus ihrem Winterschlaf. Das war das perfekte Dekor für einen Abschied, wurde ihr bewusst. Nicht auszudenken, Jules wäre an einem strahlenden Sommertag gegangen, und sie säße hier mit ihm, die Luft voll Grill-gerüchen und übermütigem Stimmengewirr.

Als sie sich umdrehte, sah sie, dass Davids Kopf nach hin-ten gefallen und sein Mund leicht geöffnet war. Manch-mal zitterten seine Lippen. Er schlief. Sie setzte sich wieder, lehnte den Kopf an die Rückenlehne des Sessels. Das Bild von ihrem Mann und dem Jungen erlosch auf ihrer Netzhaut. Die Dunkelheit sog sie in sich auf und ließ sie immer wieder einnicken. Bis sie wieder in der Wirklichkeit angespült wurde und der steif gewordene Männerkörper neben dem entspannten, schmalen Jun-genkörper in ihrem Blickfeld auftauchten. Wieder und wieder. So verstrichen die Stunden.

Das schrille Klingeln des Telefons warf sie wie eine hohe Welle an Land. Verstört blickte sie um sich. David öff-nete die Augen und hob in einem Reflex theatralisch die Arme zum Himmel. Dann versank er wieder in der Ver-gessenheit des Schlafs.

»Es ist wie verhext«, sagte Bea am anderen Ende der Leitung. »Gott sei Dank geht es meiner Mutter besser. Sie ist außer Lebensgefahr, alles weitere ist nun eine Frage der Zeit. Aber das Problem ist, dass ich jetzt nicht mehr nach Hause kann. Ich bin zu Tode erschrocken, als ich aus dem Krankenhaus kam, fast hätte ich mein Auto nicht wiedergefunden. Bestimmt zwanzig Zentimeter

Schnee liegen darauf. Um ehrlich zu sein, Frau Alice, ich traue mich nicht zu fahren. Ich bin schon unter normalen Umständen keine große Fahrkünstlerin. Wie läuft es denn mit David?«

»David?«, wiederholte Alice, um Zeit zu gewinnen. Der Wortstrom glitt langsam wie ein halb zugefrorener Fluss in sie hinein.

»Wir haben gemeinsam Pfannkuchen gebacken«, sagte sie.

»Ja, das kann er wie kein Zweiter«, antwortete seine Mutter. »David ist ein echtes Kochtalent. Was macht er gerade? Stört er auch nicht? Er müsste schon längst im Bett sein. Vielleicht sollte ich ein Taxi nehmen, ich traue mich nämlich wirklich nicht, alleine zu fahren. Ich könnte meinen Bruder bitten, oder … was meinen Sie, Frau Alice, ob heute Abend überhaupt noch Taxis fahren?«

Ob heute Taxis fuhren? Das war so ungefähr das Letzte, worüber sich Alice den Kopf zerbrach.

»David sitzt auf dem Sofa und döst«, sagte Alice. »Wissen Sie was? Ich mache ihm hier ein Bett, dann kann er ruhig durchschlafen, und Sie müssen kein Risiko eingehen. Morgen früh sehen wir dann weiter. Sie können doch bestimmt im Krankenhaus übernachten. Genug Betten gibt es da ja, sollte man meinen …«

»Aber so viele Umstände. Haben Sie denn überhaupt ein Gästebett?«

In ihrem Protest schwang Erleichterung mit.

»Nein, ein richtiges Gästebett habe ich nicht. Aber wenn ich ihm ein Kissen unter den Kopf schiebe und ihn zudecke, geht das schon.«

Es klang so entschlossen, dass sie etwas sanfter hinzufügte: »David und ich verstehen uns bestens.«

»Und Herr Jules? Macht ihm das nichts aus?«

»Not kennt kein Gebot«, sagte Alice.

Bevor Bea noch mehr Bedenken vorbringen konnte, schloss Alice das Gespräch ab.

»Rufen Sie mich einfach morgen früh an, wenn Sie wieder zu Hause sind«, sagte sie. »Und notfalls kann ich David noch immer in sein eigenes Bett bringen. Dann setze ich mich noch zu ihm.«

Sie hörte nicht einmal mehr, was Bea darauf antwortete.


David war inzwischen ganz aufgewacht. Er saß zusammengekauert auf dem Sofa, bleich vom Schlaf. Seine Hände flatterten auf wie weiße Schmetterlinge und landeten dann unruhig auf seinen Knien.

»Wenn ich auf dem Sofa schlafen muss mit einem Kissen und einer Decke, wo soll die Hülle von Herrn Jules dann hin?«, wollte er wissen.

Man konnte die Angst in seinen Augen sehen, während er den Abstand zwischen dem Körper und der Armlehne schätzte.

Er verkrampfte sich, als Alice nah an ihm vorbeiging. Sie sank wieder in ihren Sessel und blieb dort sitzen, bis er begriffen hatte, dass sie nichts unternehmen würde.

»Ich habe das nur gesagt, um deine Mama zu beruhigen«, erklärte sie ihm. »Wir suchen dir schon ein Plätzchen, wo du gut schlafen kannst. Du kannst auch sitzen bleiben, wenn du magst, dann wirst du aber heute Nacht bestimmt genauso steif wie ich.«

»Oder wie Herr Jules.« Seine Stimme klang wieder fest.

»Aber nein«, besänftigte sie ihn. »Herr Jules ist gestorben. Er war schon alt. Sein Herz hat aufgegeben. Das von dir ist stark und gesund. Das wird noch viele Jahre schlagen.«

Seine rechte Hand flatterte zu seiner Brust. Alice konnte an dem Beben sehen, wie sein Herz schlug.


»Du könntest mit im großen Bett schlafen. Jetzt ist ja ein Platz frei«, sagte Alice zögerlich.

»Ja«, sagte David, »ich liege auch manchmal im großen Bett bei Mama.«

Ohne ein weiteres Wort darüber zu verlieren, stand er auf und ging zielstrebig in Richtung Schlafzimmer. Er begutachtete das ungemachte Bett, unterzog Boden und Mobiliar einer kurzen Inspektion und machte sich dann daran, die Bettdecke geradezuziehen.

Mit der gleichen Unbeirrbarkeit, mit der er in der Küche das, was er zum Kochen brauchte, zusammengesucht hatte, lief er jetzt ums Bett herum, um die letzten Falten glatt zu streichen. Die Routine, mit der er am Fußende entlangging, um die Vorhänge zuzuziehen, verblüffte sie. Bis ihr wieder einfiel, dass er in seiner eigenen Wohnung seine täglichen Routen auf dem gleichen Grundriss ablief.

»Der Schnee bleibt draußen, die Wärme ist drinnen«, sagte er. Es klang wie ein Gedicht.

Alice knipste eine Stehlampe an und ging ins Badezimmer. Sollte sie ihm ein Handtuch herauslegen? Vielleicht eines von Jules' frischen Pyjamahemden? Seit Jahren hatte sie keinen Übernachtungsgast mehr gehabt. Sie würde ihn fragen, ob er noch etwas bräuchte. Als sie wieder ins Schlafzimmer kam, lag er auf dem Rücken im Bett auf Jules' Seite, die Hände unterm Kopf. Hose und Pullover lagen ordentlich zusammengelegt auf dem Stuhl, das hellblaue T-Shirt hatte er anbehalten.

»Es ist Nacht, ich werde jetzt schlafen«, sagte David und fügte damit seinem Gedicht eine weitere Zeile hinzu. Er drehte sich auf die Seite, zog sich die geblümte Bettdecke bis über die Ohren und schwieg. Auf ihr »Gute Nacht, mein Junge« kam keine Antwort. Sie blieb noch eine Weile neben dem Bett stehen. Dann merkte sie am

Wellengang der Blumenwiese, dass er es gesagt und getan hatte.

Davids Platz neben Jules war noch warm. Sie streckte den Arm aus, und als sie den glatten Marmor berührte, überfiel sie eine abgrundtiefe Einsamkeit. Sie kroch an den Körper ihres Mannes heran wie ein Kind an seine Mutter auf der Suche nach Wärme und Schutz. Doch sie stieß auf eine Mauer aus Eiseskälte, auf unerschütterliche Abwehr.

»Jules«, flüsterte sie. »Jules.«

Alles andere war gesagt. Sie drückte ihm einen Kuss auf die Schläfe, und die weiße Kälte brannte auf ihren Lippen. Sie zog sich aus und ließ das Nachthemd über ihren Körper gleiten. Im Schlafzimmer hörte sie David summend atmen. Um ihn nicht zu wecken, machte sie kein Licht. Eine Weile saß sie auf dem Bettrand und starrte auf die geschlossenen Vorhänge. Dahinter war der Schnee, wusste sie.

»Der Schnee bleibt draußen, die Wärme ist drinnen«, trug sie leise vor. Dann kroch sie mit angehaltenem Atem und vorsichtigen Bewegungen unter die Decke, um den Jungen nicht aufzuwecken. Lautlos liefen ihr die Tränen über die Wangen. Es dauerte nicht lange, bis der warme Tunnel sie aufgenommen hatte und auch sie schlief.

Als sie aufwachte und den leeren Platz neben sich spürte, wusste sie, was sie zu tun hatte. Sie blieb noch ganz kurz liegen, eingehüllt in die Gerüche des warmen Bettes. Als sie Kaffee roch, stand sie auf. Mit noch steifen Gelenken ging sie dem Duft eines neuen Tages entgegen.

### Pinnegars Garten

Herbert Pinnegar, ein Findelkind, entdeckt schon früh seine Liebe zu den Blumen und fängt als junger Bursche an, im Garten von Lady Charteris Unkraut zu jäten. Als der altersgrantige Obergärtner abtritt, schlägt seine große Stunde: Er übernimmt das Gartenregiment und teilt sein Leben fortan mit Heckenrosen und Buschwinden. Er ist ein Mann, dem sein Garten über alles geht, ein wandelndes Kompendium des Gartenwissens und ein Zauberer, der es schafft, seine Lady immer wieder in Erstaunen zu versetzen.

»Pinnegars Streifzüge durch seine wundersame Gartenwelt, die schnippischen Dialoge und witzigen Szenerien machen diesen Roman zu einer buchstäblich ersprießlichen Lektüre.« *NDR*

### Charley Moon

An einer abgelegenen Biegung der Themse, dort, wo selbst das kleinste Ruderboot nicht weiterkommt, liegt Little Summerford, ein winziges, verschlafenes, aber paradiesisches Nest mit üppigen Blumenwiesen und prallvollen Fischteichen. Hier wohnt in einer alten Mühle Charley Moon, ein treuherziger Querkopf, der mit seinen Späßen das ganze Dorf unterhält. Bis eines Tages auf einer Amateurbühne sein Talent entdeckt wird und er eintaucht in die glamouröse Welt der großen Bühnen. Von den Zuschauern gefeiert und von den Frauen geliebt, lebt Charley Moon einen Traum – doch London ist nicht Little Summerford, und so ganz kann sein Herz Rose, die Jugendliebe aus dem Dorfladen, und das kleine Dorf zwischen den Hügeln nicht vergessen.

»Ein ruhiges Buch mit viel Charme und Esprit, viel Wärme, britischem Witz und Humor.« *Buchhandlung Oelbermann*

Mehr über Autor und Werk auf *www.unionsverlag.com*

*Cider mit Rosie*

Aus der Sicht eines Kindes erzählt Laurie Lee von seinem weltabgeschiedenen, englischen Dorf, wo er inmitten einer Natur aufwächst, die alles aufbietet, was eine kindliche Fantasie befeuern kann: das blendende Licht des Tages, das die Kinder dazu verführt, sich streunend zu verlieren, die geräuschdurchwirkte Dunkelheit der Nacht, in die man sich besser nicht hinauswagt. Hier hat sich seine energische Mutter mit ihren sieben Kindern niedergelassen. Ihr Mann hat sich nach London abgesetzt und überlässt es dieser ebenso schillernden wie einfachen Frau, die Kinder großzuziehen.

*Cider mit Rosie* ist eine der schönsten Kindheitserinnerungen in der Literatur des 20. Jahrhunderts. In viele Sprachen übersetzt und mehrfach verfilmt, ist Laurie Lees weltberühmter Roman in einer neuen Übersetzung zu entdecken.

»Der Roman ist heute noch so frisch und voll sprühender Lebenslust wie bei seinem ersten Erscheinen in den fünfziger Jahren des letzten Jahrhunderts. Er bringt die Erinnerung zum Singen.« *Sunday Times*

»Laurie Lee schreibt, wie eine Nachtigall singt, sinnlich und voll poetischer Genauigkeit.« *The Guardian*

»Wenn man fasziniert versinkt in *Cider mit Rosie,* dann liegt das an der so erfinderischen wie sensiblen Sprache, in der die Weltwahrnehmung eines Kindes geschildert wird. Laurie Lee erzählt eine ganze Welt – und man hört ihm liebend gern zu.« *SRF*

*Die Andere*

Trudi Montag wünscht sich ganz fest, so groß zu werden wie die anderen Kinder, aber ihr Körper wächst einfach nicht mehr. Als sie älter wird, beginnt Trudi zu verstehen, dass sie in ihrem kleinen Dorf am Rhein immer die »Andere« sein wird. Aber Trudi hat etwas, was sonst niemand hat: Geschichten. In der Leihbücherei ihres Vaters saugt sie alles auf, was die Leute erzählen, sammelt Geheimnisse, Wünsche und Wahrheiten. Doch mit den Jahren wird der Ton im Dorf ein anderer. Braunhemden schwingen wütende Parolen, und der Metzger stellt Alpenveilchen vor das Porträt des Führers. Die Geschichten werden düsterer, und schließlich kann Trudi nicht mehr nur zuhören. Ursula Hegis Geschichte eines deutschen Dorfes im Dritten Reich ist einer der großen, vergessenen Romane der deutschen Literatur.

»Kühn, aufwühlend und vielschichtig. Meisterhaft erzählt Ursula Hegi über das Leben in Deutschland in der Zeit des Nationalsozialismus.« *Oprah Winfrey*

»Dieses Buch musste geschrieben werden. Ein Roman, episch breit und lang wie ein Strom, ein gewichtiges Werk mit gewaltigem Thema, deutsche Geschichte vom ersten bis zum zweiten Weltenbrand, vom Aufstieg der Braunhemden, ihrer Barbarei und ihrem Verschwinden im Schweigen der Nachkriegszeit, erzählt aus der entlarvenden Perspektive eines kleinwüchsigen Menschen.« *Der Spiegel*

## Hana

Mira findet, dass es sich manchmal lohnt, ungehorsam zu sein. Zum Beispiel für einen wagemutigen Ritt auf einer Eisscholle. Triefend nass erwartet sie als Bestrafung Erbsenpüree zum Abendbrot, doch die wahren Folgen ihres unschuldigen Abenteuers bringen ihre Welt zum Stillstand. Das Schicksal bindet Mira an ihre seltsame Tante Hana: Spindeldürr und schweigsam, sieht sie in ihren ausgeleierten schwarzen Pullovern aus wie ein Nachtfalter. In dem Versuch, miteinander auszukommen, lernt Mira langsam zu verstehen, warum ihre Tante sich so schwer im Leben zurechtfindet, und was das leise hinter ihren Rücken gemurmelte »Jude« bedeutet. Über drei Generationen hinweg entfaltet sich eine aufwühlende wie berührende Familiengeschichte, gelenkt von grausamen Mächten, aber auch von selbstloser Liebe.

## Stille Jahre

Bohdana wohnt in dem Haus am Ende der Straße, wo der Lavendel vor den Fenstern blüht und sich bunte Zeitschriften auf dem Küchentisch türmen. Während Bohdana mit ihrer Stiefmutter Papiervögel bastelt, verschanzt sich ihr Vater hinter mürrischen Kommentaren. Erst als ihre Großmutter sie mit einem anderen Namen anspricht, beginnt Bohdana zu ahnen, dass der Vater ihr etwas verschweigt. Vierzig Jahre früher wuchs er unter den Versprechen des Kommunismus auf. Begeistert widmete er sein Leben der Partei. Warum fand sein Glück ein jähes Ende? Alena Mornštajnová erzählt die Geschichte einer zerrissenen Familie, die entgegen aller Wahrscheinlichkeit versucht, wieder zusammenzufinden.

»Geschichten so zu erzählen, dass sie die Lesenden nicht mehr loslassen, ist das Geheimnis guter Bücher. Alena Mornštajnová schreibt solche Geschichten.« *Der Haubentaucher*

»Maxence Fermine gelingt es, eine berührende Geschichte zu verfassen. Er entführt den Leser in eine Welt der Märchen und der Poesie. Es bleibt Platz für Interpretationen und Träume, aber auch für Sehnsüchte und Wünsche. Vielleicht hält man für einen Augenblick inne und nimmt sich die Zeit, sich selbst leben zu sehen.« *literaturkritik.de*

### Am Ende der Teestraße

Schon als Kind ist Charles Stowe, Sohn eines Londoner Teehändlers, fasziniert von den Geheimnissen des Tees. Die Welt der tausend Düfte und Aromen verzaubert den jungen Mann so sehr, dass er aufbricht, um den seltensten chinesischen Tee nach England zu importieren. Die Begegnung mit der mysteriösen Loan bringt seine Pläne allerdings durcheinander.

### Schnee

Dem jungen Yuko steht eine glänzende Karriere als Hofdichter bevor. Seine Leidenschaft gilt den Haikus, deren hohe Kunst er unter den Lehreraugen des berühmten Meisters Soseki vollenden soll. Von ihm lernt er nicht nur das Dichten, sondern er erfährt auch die Geschichte der wunderschönen Frau, die Soseki einst liebte. Ihr Name war Schnee.

### Die schwarze Violine

Der Geigenvirtuose Johannes Karelsky wird an den europäischen Höfen als Wunderkind gefeiert. In Venedig macht er die schicksalhafte Bekanntschaft des Geigenbauers Erasmus. An dessen Wand hängt unberührt eine schwarze Geige. Johannes ist fasziniert von der geheimnisvollen Violine – bis der Geigenbauer ihm ihre fatale Geschichte erzählt.

### Der Mönch, das Kind und die Stadt

In einem Bordell von San José kommt ein einäugiges Kind zur Welt, das folgerichtig auf den Namen Polyphem getauft wird. Die Huren verstecken den Jungen, und Jerónimo, Ex-Mönch und Bruder der Bordellköchin, kümmert sich um ihn und bringt ihm die Welt bei, wie er sie aus den gelehrten Büchern kennt. Mit einer Baseballkappe über dem Auge bricht Polyphem aus in die Stadt und spielt mit den Straßenkindern. Jetzt ist auch Jerónimo bereit, sich von Polyphem mitnehmen zu lassen, und gemeinsam ziehen sie durch die Straßen und Märkte, der Mönch und das Kind.

### Única blickt aufs Meer

Hier auf der Müllhalde, wo die Sonne nur noch aus Gewohnheit aufgeht und die Regenbögen in den Ölpfützen sterben, lagert das schlechte Gewissen der Stadt. Das gigantische Müllmeer schwemmt alles an, was der Rest der Welt nicht mehr will – struppige Zahnbürsten, vergangene Nachrichten, alte Männer und vergessene Kinder. Única mag hier gestrandet sein, aber das ist noch lange kein Grund aufzugeben. Die eigenwilligen Gestalten in den krummen Hütten erklärt sie kurzerhand zu ihrer Familie, und gemeinsam tauchen sie in den unberechenbaren Fluten nach Beute: ein Rest Bohnen in der Dose, ein rostiges Stück Metall, und ganz vielleicht ein kleines bisschen Glück. In schillernden Farben zeichnet Contreras Castro die hässliche Fratze unserer gierigen Gesellschaft.